CB133878

BRISA FILOSÓFICA

MARCOS RENATO D'ALENCAR CARVALHO SILVA

BRISA FILOSÓFICA

POEMAS E POESIAS, CONTOS E CRÔNICAS, DICAS E BRISAS, SUGESTÕES DE FILMES E MÚSICAS, PROVOCAÇÕES E VERDADES, FLASHES E INSTAGRAM

MARCOS RENATO D'ALENCAR CARVALHO SILVA

Porto de Idéias
EDITORA

BRISA FILOSÓFICA

Marcos Renato D'Alencar Carvalho Silva

Copyright © 2015 Marcos Renato D'Alencar Carvalho Silva
Todos os direitos reservados.

Nenhuma parte desta publicação poderá ser reproduzida por qualquer meio ou forma sem prévia autorização do Autor. A violação dos direitos autorais é crime estabelecido na Lei 9.610/98 e punido pelo Artigo 184 do Código Penal.

Editor: Sebastião Haroldo de Freitas Corrêa Porto
Coordenação Editorial: Silvana Pereira de Oliveira
Diagramação e arte da capa: Feco Porto
Revisão: Geraldo Miguel
Ilustração: Fabiano Viggiano Valverde
Fotos: acervo particular do autor

Dados Internacionais de Catalogação na Publicação (CIP)
(Câmara Brasileira do Livro, SP, Brasil)

Silva, Marcos Renato D`Alencar Carvalho
Brisa filosófica : dicas, sugestões e interação com redes sociais / Marcos Renato D`Alencar Carvalho Silva. -- São Paulo : Porto de Idéias, 2015.

1. Contos brasileiros 2. Crônicas brasileiras 3. Desenhos 4. Literatura brasileira 5. Poesia brasileira I. Título.

15-10097 CDD-869

Índices para catálogo sistemático:
1. Literatura brasileira 869

Editora Porto de Idéias Ltda. | Rua Perdões, 101 | Aclimação | CEP 01529-030
São Paulo — SP — Brasil | Tel. 11 3884-3814 | www.portodeideias.com.br

NOTA DO AUTOR

Este livro não é para qualquer um.
É preciso ser um pouco mais que ser comum,
Precisa ser, antes de ter,
Pois é o ser que se eterniza.

É necessário cativar e cultivar amizades,
Semear alegrias,
Ter luz própria e personalidade,
Ser um tanto quanto foda,
Afinal, medianos, losers e normais já existem muitos.

É preciso curtir uma brisa, ou respeitá-la.
Valorizar a paz e o conteúdo cultural,
Ter cabeça pra frente
E leve.
Tem que gostar de ser feliz
E ser...
Tem que ter fé no Deus maior e único.

Se você se identifica com o livro
Dê um de presente
Dê dois...

AGRADECIMENTOS ESPECIAIS

Aos meus pais, que apoiaram este projeto com maestria, servindo de exemplo pela bagagem literária e histórias de vida. Revisaram o livro com olhar crítico e professoral.

À Luana, minha filha e melhor amiga, que, com maturidade indescritível e participações relevantes, enriqueceu o livro com dicas e observações, como a interação com as redes sociais e mídias virtuais. Sempre tão alegre e atenta, já teria ajudado simplesmente pelo seu existir.

A alguém especial cuja privacidade prefiro proteger. A este alguém, muito obrigado pela ajuda do início ao fim deste projeto e seu olhar tão carinhoso e cúmplice.

Aos meus irmãos, pelas vibrações e contribuições fraternais.

Aos meus amigos, tão presentes em cada evolução do livro, com energias positivas, brincadeiras e torcida.

E, principalmente, a Deus Todo-Poderoso, meu protetor e guia, por me permitir o viver e o pensar.

"Poesia é poesia, poxa!
Vem de dentro,
Vem da mente.
Poesia é liberdade, criação,
Espontaneidade genuína.
Não devo revisar,
Não devo alterar,
Posso, talvez, corrigir erro ou outro,
Mas de ortografia apenas.
Poesia é poesia
É o que está aí.
É o que veio e deve ficar como está."

Conselho do Gê, meu pai, meu mestre e revisor do livro.

SUMÁRIO

Eu

Sofro do fígado.

Aos 35, em um exame de rotina, descobri estar com fibrose em grau F4.

O que significa? Cirrose!

Cortaram-me as coisas boas de comer e beber.

Álcool nem pensar. Seria suicídio.

Limitei-me a algo mais natural para quebrar a rotina.

Coisa pouca. Recreativa.

Desde então, delicio-me com a sensação mágica de uma brisa.

Apologia? Claro que não.

Mas confesso que foi assim que encontrei a ideia e a motivação para este livro, além de outras experiências engrandecidas com a brisa, como uma paz envolvente e relaxante após uma semana estressante de trabalho, um olhar atônito a um pôr do sol, um orgasmo expansivo e prolongado, uma criatividade mais aguçada e poética, uma curtição de músicas e imersões a filmes e shows, os sentidos mais sensíveis para rir, comer, brincar, amar, relaxar...

Meu fígado segue monitorado por todos olhares, claro. Médica, mãe, filha, esposa, irmãos, amigos e Deus.

Fiz tratamento em 2014. Não deu certo.

E quando algo dá errado, frustra nossas expectativas.

Foge do nosso controle, nos deixa impotente.

Ofusca a coragem, tira a esperança.

Entristece o coração e azeda o fígado.

Deprime, chora a alma, choro eu.

Mas esse eu, a mim não cabe.

Pois para mim,

Não tem errado, tem mudança de rota.

Não tem frustração, tem reflexão sobre expectativas.

Não foge ao controle, pois só quem tem é Deus.

ELE é quem está no comando.

Não ofusca minha coragem, que segue igual, firme e cheia de propósitos.

Não tira a esperança, pois habita o meu eu mais íntimo.

Não entristece o coração, mas o faz bater mais forte e histérico — ávido!

Não azeda o fígado, mas tempera-o para o desafio do menu seguinte.

Sigo em frente...

Corpo, alma e fígado.

E coração!

Para o que der e vier.

Pois quando a fé é inabalável,

Potencializa a confiança.

Não tem notícia que seja ruim,

Tem revisão de curso.

E que assim seja...

Sou

Marcos
Neném
Pai
Irmão
Filho
Menino
Bobo
Livre
Lobo
Perna de pau
Tenaz
Desafinado
Sangue
Filho de Geraldo
Carvalho
Silva
Humano
Brasileiro
Trabalhador
Arteiro
Levado
Doido
Poeta
Da Vida
Da minha
Andarilho
Sonhador
Filho de Deus
Amém

Liberdade

Tem nome
Eu
Por isso bato asas
Voo
Meu nariz tem dono
Meu
Por isso vou ao encontro
De quê? De quem?
Pouco importa
Sou livre e decido a qualquer hora
Minha boca é livre
Fala, grita e silencia
Eleva a mente e faz da rotina poesia

Liberdade às pernas!

Não me julgue pelas suas verdades. Pelas suas percepções e crenças. Eu sou eu. Sou livre. Sou livro, aberto e poético.

Não me tenha como referência, pois sou ousado, imprevisível e impulsivo.

Se você me quer como amigo, esteja preparado para aventuras. Para viver um pouco mais do que se vive por aí.

Nasci de sete meses. Tenho medo da morte. Por isso acelero o passo e defendo a liberdade às pernas.

Liberdade, para mim, tem um significado divino. Aliás, é um presente de Deus. Liberdade de ir e vir, de sonhar e acordar, de correr atrás e realizar, de assistir a um pôr do sol ou lua cheia, de amar ou simplesmente deixar de gostar.

Liberdade para a alma e cérebro.

Liberdade para o pensamento. Este sim é livre, ainda que acorrentado em verdades não minhas.

Aprecio o belo, o simples, o sorriso, o abraço, o dizer eu te amo.

Aprecio um trago para elevar-me aos limites da liberdade da mente. Sou a favor do que faz bem.

Ah, e como me fazem bem os amigos!

Amo a vida. A cada instante mais.

Este livro é para exercitar a liberdade. Sinta-se um pouco mais livre. Simplesmente não julgue, nem a mim e nem a si mesmo.

Se a liberdade o incomoda é porque você não a experimentou em sua magnitude.

Agradeça a Deus, independentemente em que Deus você acredita, pela chance da escolha.

Se a felicidade é construída por momentos felizes, a liberdade também deve ser.

Seja um pouco mais livre agora.

Há de se identificar com o BRISA FILOSÓFICA quem tem um lance qualquer com esta tal liberdade.

Curta a liberdade e exercite-a!

Se já o faz, viva!

"Liberdade é pouco. O que eu desejo ainda não tem nome."

— Clarice Lispector

U á tis zá pi e o silêncio da alma

Abro meu aplicativo e passo o olhar atento por cada grupo formado.

Vejo amigos, familiares, contatos rápidos e profissionais. Há grupos da escola, cursinho e faculdade. Grupos de colegas distantes, amigos novos misturados com antigos, outros de gente que sequer conheço. Até minha avó de 82 anos tem sua fotinho e presença marcada por lá.

Grupos de amigos do futebol, basquete e viagens. Grupos de baladas e curso do inglês. Converso com minha médica, minha dentista, minha empregada doméstica. Tem psicóloga da filha, pais dos amigos da minha filha e a minha própria filha está lá também. Parou de me ligar a cobrar assim que aprendeu a se comunicar via uátiszápi.

Progresso a nosso favor. Tecnologia a serviço da comunicação. Impressionante. Não há como ficar de fora.

Passo a vista sobre os grupos. Preciso limpar meu aplicativo. Não tenho tido tempo para ver as tantas mensagens que se trocam por ali. Fotos, piadas, vídeos, paqueras com êxito, outras vazias e sem respostas. Avisos importantes, outros tantos sem a menor significância.

Me sinto mais vivo e mais preenchido. Tantos amigos e tantas mensagens para ler e participar.

De vez em quando, me sinto ansioso, quando aquela mensagem tão esperada demora a chegar. Ou triste, quando, de fato, a mensagem não vem. O que vem é um vazio virtual que toma conta do aparelho e do ser que o tecla. Temos sentimentos, meu aparelho e eu.

Na maioria das vezes me sinto lembrado e querido, afinal recebo tantas boas mensagens e solidariedade. Me sinto pertencente a tantos grupos e tão diversos entre si. Me acho popular e amigo de todos (e quem não se acharia?).

Mas e aquele grupo que você nem sabe por que te incluíram?

E aquele outro feito em algum evento, viagem, classe ou qualquer outro momento em que o grupo se formou, mas que já não faz sentido mantê-lo ativo. Quem ousaria ser o primeiro a sair?

E assim vamos criando grupos e amigos. Muitos vistos apenas na telinha do celular. Pelo menos damos sinais de fumaça. Sinais de vida. Uns aos outros.

Estamos juntos! Afinal não nos falta um bom dia, uma informação do trânsito, da previsão do tempo, uma foto sensual, uma piada ou um convite.

Mas, no íntimo da minha solidão, com o celular à mão, em silêncio e apenas com o refletir da luz da tela, bate a saudade de um abraço.

Vamos nos encontrar?

"Não sou político; sou principalmente um individualista. Creio na liberdade; nisso se resume a minha política..."

— Charles Chaplin

"Education is the most powerful weapon which you can use to change the world."

"Educação é a arma mais poderosa que você pode usar para mudar o mundo."

— Nelson Mandela

"Posso não concordar com nenhuma das palavras que você disser, mas defenderei até a morte o direito de você dizê-las."

— Voltaire

"Deixe-me dizer em que acredito: no direito do homem de trabalhar como quiser, de gastar o que ganha, de ser dono de suas propriedades e de ter o Estado para lhe servir e não como seu dono. Essa é a essência de um país livre e dessas liberdades dependem todas as outras."

— Baronesa Margaret Thatcher

"Liberdade de expressão não dá o direito de insultar o próximo."

"Seus olhos serão completamente inúteis, se sua mente for cega."

Várzea é assim

Time de várzea
Poeira, chuteira de cravo e carrinho por trás
De frente, de lado e cotovelo
Raça e alguns títulos regionais
Tapas trocados e cartão vermelho
Lei do mais forte e malícia

Pouca mulher na arquibancada
As poucas com copo à mão
Gritam, xingam o juiz, assobiam
Olhares trocados e sinal verde
Torcida com sede
De gol e outras coisas mais

Cachaça às escondidas no vestiário
Nariz a postos e clima de decisão
Fardamento e suor
Abraços trocados e pé direito
Várzea é assim
Tem ritual e reza

Campo de guerra
Soldados e capitão
Chutes a esmo e cabeçadas
Ginga, firula e pedaladas
Passes trocados e gol
Emoção e adrenalina

Grupo de amigos
Dentro e fora dos gramados
Festa, cerveja e pito da mulher
Apito final
Camisas trocadas, ainda úmidas
Respeito e consideração

Futebol, arte e poesia
Joga por música e pernadas
Lençol, chapéu, balão, rolinho e elástico
Joga pro mato, dá de bico, tira da cozinha
Sonho de menino e gírias

Grande time
Na escalação, nomes de peso e histórias
Cada um diferente de si
Mas tão iguais quando juntos
Tatu, Magoo, Gão, Zito, Champgnon, Caixa-d'água, Leozim
Boneco Doido, Japinha, Migalha, Macgaiver, Penzo, Rogim,
Sem Peco, Fritas, Biscuí, Recoso, Tobé, Cirolin, Giu Lipoaspiração, Magrim
Lelêt, Gordim, Quebra Punho, Negão Paraguaio, Cabeça, Surdim,
Cigano, China, Lacraia, Zidane, Jony Tanque, Freitas, MC, Souzinha, Báxim,
Tetéu, Maurão, Piolho, Cabeçudo, Narigudo, Espiga, Trindade, Duzim,
Fabio TIM, Mutuca, Gui, Doctor, Gilsão, Val, Chiquim

Time grande
Mag, Gordo, Cururu e Marco Sol (*em memória*)
Nas várzeas do céu
Várzea é assim
E onde quer que seja!

Gol de Letra

Alegria de menino
Arteiro, sem vergonha
Sapeca, bem-humorado
Talentoso e artilheiro

Dribla, feito magia
Desconserta, feito hipnose
Leve, feito pluma
Leva alguns ao desespero
E outros ao delírio
E algumas à loucura

Marca zagueiro
Marca gol
Marca presença
Marca a história
E brinca, ginga, pimba e pumba!
Gol outra vez...

Assume o papel
Simboliza
E representa
Brasileiro

Faz bonito
E ainda
Faz de letra, bicicleta e bico
Faz de dedo
Faz de conta
Faz arte e joga por música
Faz careta e gol
Muitos...

Orgulho do pai
Orgulho da nação
Filho de Neymar da Silva Santos
E do Brasil
Orgulho e filho de Deus

Futebol é arte, cultura e movimento
Livro é vida e entretenimento
Sabedoria

Se tudo pode, naquele que fortalece
Faça um de Letra
Incentive as letras
E os livros
A nação está carente de gol
E de conhecimento

#NeymarMelhordoMundo

Neymaravilha

Carismático como Guga
Goleador como Ronaldo
Explosivo como César Cielo
Veloz como Senna
Assertivo como Hortência
Vitorioso como os Grael
Irreverente como Garrincha
Forte como José Aldo
Habilidoso como Medina
Desconcertante como Eder Jofre
Decisivo como Romário
Marcante como Oscar Schmidt
Leve como Bruna Kajiya
Guerreiro como Belfort
Promissor como Fabiana Murer
Precoce como Gabriela Cecchini
Talentoso como Arthur Zanetti
Corajoso como Kauli Seadi
Eterno como Pelé
Ousado como eu
E que seja, pois
Afinal
É merecido
É tempo de Neymar
Joga muito
Assim como outros tantos esportistas abençoados
Citados ou não,
Tem dedo de Deus em sua criação

Meu melhor amigo

Esse não me critica. Não reclama de mim. Me olha nos olhos. Me observa atento. Sempre presente. Sempre tão perto. Sempre tão amigo.

Me conhece só pelo olhar. Não precisa de palavras. Nos entendemos no silêncio do olhar.

Não me repreende. Aceita minhas rebeldias. Grita quando grito. Dança quando danço. Fuma quando fumo. E quando fumo é o primeiro a sorrir para mim. Ri de minhas piadas e até de meus pensamentos não verbalizados.

Somos amigos. Fiéis.

Para nós, a amizade é eterna, ou por quanto durar essa vida. A próxima já não sabemos. Desconhecemos.

Gosto de vê-lo sorrir, gargalhar em seu estado de êxtase. Está feliz, está chapado, penso eu.

Merece. Vida anda difícil. Muita cobrança. Mas ele não me cobra nada. Meu amigo me poupa.

Se lhe lanço um olhar sério e preocupado, ele me retribui em mesmo tom. Mas logo caímos em gargalhada. Um contagia o outro.

Me vê apertar um cigarro. Pisca para mim e fumamos juntos. Ficamos ali, frente a frente, loucos e felizes.

Espelho, espelho meu, existe alguém mais louco do que eu?

Meu amigo de todas as horas. Se a mim confia seus segredos, aqui estarão guardados para sempre. Eu e você. Ou você e eu. Ou você, sou eu. E eu, você.

Espelho, meu melhor amigo! Vou acender um agora e curtir nossa amizade.

Meu melhor amigo é você. E você, sou eu!

"Felizes os que possuem amigos... Aqueles que os têm sem pedir. Amigo não se pede, não se compra, não se vende. Amigo a gente sente!"

— Bob Marley

"O valor das coisas não está no tempo que elas duram, mas na intensidade com que acontecem. Por isso existe momentos inesquecíveis, coisas inexplicáveis e pessoas incomparáveis."

— Fernando Pessoa

"Sim, tenho saudades. Sim, acuso-te porque fizeste o não previsto nas leis da amizade e da natureza nem nos deixaste sequer o direito de indagar porque o fizeste, porque te foste."

— Carlos Drummond de Andrade

Poste suas fotos no Instagram com seus AMIGOS VERDADEIROS e não deixe de marcar @brisafilosofica com a hashtag #BRISAamizadeverdadeira.

SELFIE DA AMIZADE VERDADEIRA

Escolha um amigo querido, daqueles que contamos nos dedos, para pagar esse mico com você. Pode ser parente, colega de escola ou um professor. Pode ser um amigo distante, mas tão dentro do coração. Pode ser uma namorada, uma ex, um caso antigo ou um já experiente de cabelos grisalhos, cúmplice amigo de tantas jornadas. Pode ser um mentor, um padrinho ou um importante parceiro de trabalho. Pode ser qualquer pessoa, cão de guarda ou estimação. Pode ser um amigo querido que já nos observa lá dos céus. A única exigência dessa corrente é que exista amor verdadeiro para com a(s) pessoa(s) escolhida(s). Amor de amigo. Amor sem intenção. Amor descompromissado. Amor sem preconceito, nem pré-conceito. Amor honesto e incondicional. Amor fiel. Amor à primeira vista. Amor de amor. Amizade é isso. Encontros e momentos.

Poste uma foto com o seu amigo ou faça uma montagem para postar a homenagem. Ao fazer seus posts no Instagram, não deixe de marcar a hashtag #BRISAamizadeverdadeira.

E não se esqueça de marcar seu(s) amigo(s) da(s) foto(s).

"Quem tem um amigo, mesmo que um só, não importa onde se encontre, jamais sofrerá de solidão; poderá morrer de saudades, mas não estará só."

Amyr Klink

Este é um livro para compartilhar com quem a gente gosta e segue!

Curtam juntos o BRISA FILOSÓFICA.

Que tal quebrar a rotina com uma música?

PAUSE. RELAXE. PLAY. ENJOY THE BREEZE.

Proponho um relax, mente aberta e música de pano de fundo para curtir sua brisa de hoje.

♫

BRISA MUSICAL

Parada estratégica para um SOM

Sugestões para o momento:

- Light as the breeze – Leonard Cohen
- Felicidade – Seu Jorge
- With god on our side – Bob Dylan, unplugged
- Eu quero ser feliz agora – Oswaldo Montenegro
- Welcome to Jamrock – Jack Johnson & Damian Marley
- Deixa o menino jogar - Natiruts ao acústico, no RJ
- Could you be loved – Gilberto Gil, kaya n'gan daya
- Penetra - Zeca Pagodinho
- Súplica cearense – O Rappa, ao vivo
- Same love – The Heist
- Abismo – Maria Rita
- Puro amor – Planta e Raiz
- De esquina – Cássia Eller
- Aumenta que isso aí é rock'n' roll – Tico Santa Cruz & O Rebu
- Vento – Los Hermanos

Gostou?

Por que não deixa sua indicação de música no www.brisafilosofica.com.br para o BRISA FILOSÓFICA, Volume II?

“Não me envergonho de mudar de ideia,
porque não me envergonho de pensar.”

— Freud

"O mundo é um livro
E aquele que não viaja
Lê apenas uma página."

Santo Agostinho

Racismo verde

Certa vez, um encontro inóspito entre duas drogas no jardim de casa selou uma amizade inédita. Uma folha de planta esverdeada se deparou com uma caixa de Rivotio jogada no quintal. Ali, dentro da própria caixinha amassada, ainda resistia vivo um último comprimido.

Para quebrar o gelo, tentaram dialogar, afinal nunca imaginaram ser amigas. Era melhor conversarem a ficarem mudas, caladas e solitárias ali no jardim.

Partiu do Rivotio o primeiro contato. O remédio, tarja preta, mas de sorriso amarelo, tentou iniciar um bate-papo com a erva, que figurava verde e repreendida. Era um verde triste e sem luz. Estava melancólica. A erva, de olhos vermelhos e semblante tímido, olhou para o comprimido, mas se manteve em silêncio.

O comprimido insistia por atenção. Tentou elevar a voz, assobiou e até gritou um pouco mais alto. Notou a face depressiva daquela tão cobiçada erva e a provocou outra vez:

— Ei, você não quer conversar? Tá em bad trip aí?

O Rivotio era chato e com humor que oscilava a todo instante.

— Fale! Tá brisada? Pegou uma bad?

— "Não tô em bad nenhuma" — resmungou ela, quebrando a própria brisa e seu silêncio.

(Já pensaram como seria a brisa de uma erva dessas se ela a fumasse a si própria?)

— Tá tímida por que, princesa? Não quer conversar?

— Estou cansada disso — se manifestou ela de uma vez e aliviando a tensão. — Não acho justo estas coisas. Estou te vendo daqui a voar pelo quintal ou desfilar na bolsa de quem te consome. Livre e desimpedido.

Nessa hora, a erva trocou o olhar de tristeza por um de protesto. Soltou a língua e começou a reivindicar seus interesses e direitos (e por que não os tem?).

— Acalma essa brisa senão vou te dar um Rivotio rsrs... Quer tomar um? Sou ótimo para esses altos e baixos... Que mudança de humor, hein? Rsrs...

Com tom de consternação, mas com voz firme, sob bandeira de protesto, a erva se pôs a falar:

— Quero ser igual a você. Quero ter os mesmos direitos. Direito de ir e vir. Quero estar presente, sem ter que me esconder. Quero ser vitrine. Receber holofotes e dar entrevistas. Quero ser popular e aceita em qualquer ambiente. Livre. Quero ir à Ilha de Caras, ao Cristo Redentor, à Capadócia e a qualquer lugar. Quero recolher os impostos para o país. Receber sorrisos de boas-vindas, cumprimentos ao sair. Quero ir ao restaurante mais chique ou ao boteco da comunidade. Quero ser legal e legalizada. Quero ser pop star. Quero estar nas bocas do povo e dentro delas.

— Que lindo! Continua! Continua! — sorria amigavelmente o Rivotio sob o efeito de si mesmo.

— Quero ser bem ou malfalada, mas lembrada e polêmica. Quero ser natural e da natureza. Quero proporcionar prazer e viagens. Arrepios e risadas ofegantes. Quero ser discreta, sem precisar. Quero andar na rua e ser livre, livre, livre... Quero ser aprovada e descriminalizada. Quero continuar a causar alegrias e encontros. Sorrisos e gozo. Paz e harmonia. Quero ser boa brisa e sintonia. Relax e recreação. Contribuir com meus efeitos benéficos e tão já experimentados por tantos...

— Verdade. Eu entendo. Você é proibida, né? É ilegal. Como pode? Mas fique bem, que não conheci até hoje droga alguma que fosse tão benquista como você. Todo mundo gosta de você. Você é do bem e da paz e dá paz. Incita sorrisos e expande os sentidos de quem a usa de forma tão leve e pura. Também não entendo você não ser legalizada. Sinto muito. Mas podemos ser amigos e vou contar-lhe tudo que acontece no mundo legalizado.

— Pois é. Daqui de longe vejo tanta coisa errada acontecendo, tanta coisa ilegal, mas ninguém faz nada. E eu? Uma erva do bem, da paz, da alegria e do amor considerada proibida.

— Outras coisas deveriam ser proibidas... Vou contar-lhe o que acontece aqui do lado da legalidade.

— Conta! Conta! — Pediu a erva amigavelmente. Já eram amigos àquela hora.

— Aqui, além de mim e meus genéricos, muitos outros remédios ansiolíticos, antidepressivos e antiestresse são legais. São feitos de química, sintéticos e cheios de conservantes. São conhecidos como tarjas pretas. São faixas preta, feito ninja e política. Aliás, aqui no mundo legal, os políticos corruptos também são livres. Roubam na cara de todos. Isso sim virou um vício desenfreado. São viciados em desvios e superfaturamento. Podem circular onde quiserem. Aqui, podem roubar do povo, podem estuprar crianças e cofres públicos, podem vender drogas de músicas e novelas que incentivam o adultério. Nada disso é droga ilegal...

— E ainda dizem que eu é que causo dependência? Não param nunca! Querem sempre mais, mais e mais. Bando de loucos!

— Aqui é legal rebolar na TV. Pode até não dar atendimento ao povo que vai ao hospital e tem que ficar nos corredores, aos porcos e lagartos. Pode deixar faltar água para o povo e não assumir responsabilidade. Pode tudo aqui. E acaba sempre em pizza.

— Por isso estou aqui, triste e cansada desse sistema.

— Mas no seu caso é diferente. Você foi concebida assim. Existe um sistema que se beneficia do seu tráfico. Muita gente ganha dinheiro com você, da forma como é hoje. Você, sendo assim ilegal, criminalizada e no mercado negro, favorece o sistema. Mas não fique triste. Somos amigos. Não tenho medo nem vergonha de você. Sei que você quer o bem e é da paz. Traz poesia à mente, enquanto algumas outras drogas, como eu, algemamos as pessoas, por dentro. Com tanta ilegalidade moral rolando, por que sobrou pra você ser o rótulo da ilegalidade? Por que você é proibida?

— Sobrou pra mim, né...

— Serei seu amigo para sempre. Me dê sua mão e vamos caminhar juntos, só não prometo experimentar você.

— Não precisa. Respeito liberdade e vontade de cada um.

Estenderam suas mãos e, alguns segundos antes do aperto que marcaria aquela amizade para sempre entre erva esverdeada e Rivotio, bateu um vento forte que soprou a caixa do comprimido para outras bandas...

A erva ficou ali, ilegal e à margem, sem entender o porquê de ser injustiçada pelo sistema. Permaneceu sem respostas, ainda enraizada no jardim, balançando sob o efeito da brisa e do vento. Desejou que os bons ventos trouxessem seu amigo de volta, já que ela, a espécie proibida, não poderia sair daquele escondido jardim.

Não teve como deixar de se debater: se até o Rivotio é legal, por que eu não? Não algemo, liberto! Não murcho, dou flores! Não silencio, dou voz e poesia! Não acalmo os sentidos, dou alegria e expansão à mente! Não roubo ninguém, quero ser correta. Livre.

Enquanto tantas outras drogas e ilegalidades rolam à solta por aí, como se não fossem proibidas, ficou ela ali rotulada, inerte, indignada, mas jamais esquecida! Minutos depois vieram consumi-la. Virou fumaça. E o sopro do vento a levou também...

DESNECESSÁRIO FAZER APOLOGIA

SIM À LIBERDADE... DE EXPRESSÃO E DO PENSAR

Se também é a favor da liberdade de expressão, tire uma foto, selfie, com esta página do livro. Poste em seu Instagram, marcando @brisafilosofica com a hashtag #BRISAafavordaliberdade.

Casquinhas da Felicidade

Certa vez um sábio chinês desafiou os jovens de uma cidade distante, no interior da China antiga.

Perguntou o sábio chinês em praça central:

— Qual de vocês, jovens de hoje, se arriscaria a dizer qual é a *casquinha da felicidade*? Quem acertar, como recompensa pela sabedoria, darei toda minha riqueza e posses como retribuição. Quem errar, a guilhotina lhe levará o pescoço pelo fracasso.

Muitos jovens perderam suas cabeças ao arriscarem decifrar qual era a casquinha da felicidade.

Ao entardecer, em meio à multidão, surgiu uma jovem de roupas leves, descoladas e soltas, cabelos presos e pouca maquiagem, chinelo de dedo e olhos atentos e brilhantes pelo arrebol que anunciava o final do dia. Com um cigarrinho no canto da boca, que exalava um cheiro intenso e adocicado, deu um sorriso despretensioso e pediu a palavra. Tinha olhar de artista e estilo de hippie.

A algarraza na praça foi inevitável, já que muitos jovens haviam se arriscado e caído pelo corte rente da guilhotina.

Em tom irônico e desafiador, indagou ao mestre chinês com voz rouca e firme:

— Se o senhor é sábio como se entitula e os cabelos brancos não deixam enganar, se é mestre e conhecedor deste enigma, eu topo o desafio. Em alto tom, ela anunciou: Eu sei qual é a casquinha da felicidade!

Todos na praça se agitaram. Até que, de repente, o silêncio voltou a predominar.

— Se acertar, quero que se apaguem as luzes, escureça o céu e deixemos apenas as estrelas brilharem para iluminar esta praça. Vamos fazer uma festa em homenagem a esses bravos jovens que perderam suas vidas. E, claro, quero o prêmio que o senhor pôs à prova.

O mestre chinês aceitou o desafio.

— Se acertar qual é a casquinha da felicidade, seu pedido será atendido.

A jovem tragou seu cigarrinho, segurou a fumaça e respondeu:

— A casquina da felicidade são as raspas de uma panela de brigadeiro, ainda morno, quando bate uma larica gostosa...

De repente, as luzes se apagaram...

ESPAÇO DA LARICA & RECOMENDAÇÃO DO LEITOR

Sabe aquele momento da fome? Quem não passou por isso?

Sei que não posso generalizar, mas acho que boa parte dos leitores já se pegou abrindo a geladeira e comendo tudo o que viu pela frente.

Normalmente, após curtir uma brisa, a fome pede passagem.

Vem a famosa LARICA!

Cada um tem uma preferência. Eu, por exemplo, adoro devorar uma caixa de bis, de preferência de chocolate branco. Adoro um açaí com banana, uma pizza gelada ou um lanche do Seu Osvaldo!

Tem quem prefira uma coxinha, um sanduba light, um miojo rápido ou um restaurante japonês.

Qual é a sua larica predileta?

Acesse a homepage oficial deste livro (http: www.brisafilosofica.com.br), clique no link "Espaço do Leitor" e, em seguida, no ícone "Sugestão de Larica" e deixe sua dica.

Faça sua indicação, de forma aberta ou anônima, do que você mais gosta de comer na sua larica. Ou poste uma foto da sua larica preferida e marque #BRISAlaricaperfeita.

Vamos relacionar as principais indicações e publicar no BRISA FILOSÓFICA, Volume II.

Obrigado pela sua participação.

Pisca-Pisca

Que luz é essa que vem de dentro?
Que brilho é esse?
Intermitente e verde.
De onde vem essa energia?
Magia ou pilha?
Quanto tempo dura sua bateria?

Pisca aqui,
Logo ali.
Voa
Intenso
E verde.

Deve ser energia solar,
Mística ou elétrica.
Prefiro acreditar que é energia de Deus,
Energia do além,
Porque encanta, tem luz, brilho e beleza.
Tem um toque de poesia.

Pulsa verde, feita cor de erva.
Inofensivo e tão lindo
Pisca aqui e acolá
Hipnotizante.

Voa vagalume, voa
Livre como a mente que te observa...

"Deixe brilhar sua luz interior..."

Que tal quebrar a rotina?

Proponho uma brisa, um relax, mente aberta e um filme. Divirta-se!

Brisa e Sétima Arte

Parada estratégica para um filme

Sugestão para o momento:

- Sem Destino
- Perdidos na Noite
- Bonnie and Clyde
- Taxi Driver
- Cabo do Medo
- Asas da Liberdade
- Zorba, o Grego
- Touro Indomável
- Rocky, o Lutador
- Minha Amada Imortal
- Scarface
- Cassino
- Os Bons Companheiros

Gostou?

Por que não deixa sua indicação de filme no www.brisafilosofica.com.br?

De cara com o Face

Facebook aceita tudo...
Sorrisos Colgate e felicidade de areia
Alegrias encobertas por escudos da fragilidade humana
Invejas enrustidas em "curtidas" desenfreadas
Fogueiras de vaidades e faíscas

Facebook esconde tudo...
Medos, fragilidades, imperfeições
Decepções, dívidas, dúvidas
Tristeza, solidão e embriaguez
Voz fina, espinhas e baixa estatura

Facebook pode tudo...
Futilidades, traições do ser e do pensar
Mediocridades da vida moderna
Mostrar o que não é
Digitar o que se queria ser
Pode até defender o Zé Dirceu, se quiser.
E não é que tem gente que o faz?

Facebook expõe tudo...
Vida, morte, sorte, azar
Namoro, relacionamento sério, ou sem relacionamento
Banana flambada, comida japonesa
Futebol, rivalidade e provocações
Cerveja em copo vazio, cheio, garrafa, porres e ressacas
Céu azul, arco-íris e chuva
Balão, política, polícia, crimes, seleção brasileira
Trânsito de dia, fome no mundo, críticas à novela das 8

Facebook é plataforma...
Pessoas envoltas à necessidade de autoexposição
Alimentam um incontrolável desejo de mostrarem suas realizações
Seus sucessos ou fracassos (esses maquiados muitas vezes)
Uma necessidade de autoafirmação ou aceitação. De quê? De quem?

Facebook transforma...
Pessoas experientes, maduras, vividas e vívidas em criaturas ingênuas desguarnecidas
Sem filtro, sem freio, sem medo, nem poesia
Transforma uma feia em rainha
Transforma um feio em galã

Facebook é praga...
Feito vírus crônico
Feito raio de sol que não pede passagem, nem permissão
Esquenta o ego, aguça a criatividade, provoca o instinto e o risco
Faz um sábio virar criança em atos impulsivos de menino

Facebook exige malandragem...
Para se lançar na rede, na teia, no desprotegido mundo virtual
Desprovidos da própria privacidade
Alguns se fantasiam ou ficam despidos de valor, de conteúdo ou roupa mesmo

Facebook faz amigos
Amigos?
E outros nem tantos
Alguns conhecidos apenas, outros que sequer sabemos quem são
Doido isso...
Um precisando aparecer mais do que outro
Ter mais do que o outro
Conhecer lugares mais legais do que o outro

Facebook é sessão terapêutica ou depressiva?
Os "eus íntimos" são esmagados pelos sucessos alheios e felicidade dos facebookianos

Será mesmo que é tudo família Doriana?
Claro que não!
Facebook aceita tudo, lembra-se?
Aceita revoltas sem causa, tipo essa aqui
Ataquei o Facebook.
Desabafo tolo, mas confortante
Do tipo "pronto falei!"

Facebook é brinquedo
Superficial, copiável, frágil, perigoso, mágico e cultural (quê?)
Fake, mas repleto de moralistas e donos da verdade
Esses sempre tão reais e radicais

Facebook, coleguinha do meu cotidiano fútil ou das madrugadas sem sono...
Ainda bem que você é assim!
Porque envolve, movimenta e arrasta massa
Até greve, manifestação política, panelaço e confusão você é capaz de provocar
Adoro seu jeito autêntico e sério de ser
Sempre tão neutro e imparcial, mas atento

Hoje, às tantas da madrugada, passei para dar-lhe um oi
Qualquer hora passo outra vez
Para um café ou fotografia
Não ligue se peguei no seu pé
Foi só uma provocação sem graça
Um aquecimento!

Facebook é poder e trabalho...
Vou publicar meu livro
E sabe onde vou divulgar?
Afinal de contas, sou um facebookiano também e reconheço e respeito essa força
E aqui, agora e humildemente,
De cara com o Face, só posso pedir que aceite um pedaço de mim!

Invisível aos Olhos

Amo o intangível
porque não se enterra

Amo o intangível
o intransponível
feito inteligência
o incomensurável
feito o amor

Amo o intangível
feito zelo de mãe
amo tudo aquilo que inspira
feito música e poesia

Amo o intangível
feito adrenalina que entusiasma
feito loucura e rebeldia
feito liberdade

Amo o intangível
feito amizade verdadeira
que não mede idade
defeitos ou distância

Amo o intangível, mas que se sente
como alma, corpo e mente
feito desejo
feito gozo que alivia

Amo o intangível
tudo aquilo que não se compra
feito sonhos, feito brisa
feito vida, feito gente

Amo Deus
tão inexplicavelmente intangível

Hoje, só hoje...

hoje estou ácido, azedo, arredio
não queira me provar
tão pouco me pôr à prova
estou fadigado, inóspito
não tente me provocar
sou rebelde, sem causa
moleque atrevido
mimado e bobo, quiçá
encenando poemas à Dostoievski
às tantas da manhã
no subsolo de minha alma hepática
medroso e com náuseas
sem brisa nem um trago
mas calma!
já eu volto
hei de ser eu outra vez!
do meu jeito, daquele jeito, do seu jeito
se ainda me quiser
menino safado, sangue tarado, cabeça ao vento e pés no chão
cigano de olhos atentos
oblíquo sim, dissimulado não...

E quem disse que o poeta não chora?

Constato
Somos microscópicos
Grãos de areia nesta praia chamada Vida
Orla infinita e ondas
Olhar no horizonte
Dou um trago e prendo

Somos ciscos em corpo e ao vento
Soprados pela brisa do mar e da mente
Livres e puros
Sopro divino
Na pele da cara lavada, e dentro

Certifico, e triste
Que somos pouco
Ínfimos seres de tão grandes sentimentos
Como cabem em nós?
Se somos vácuos imersos na solidão
Das próprias almas

Somos frágeis e tão absolutos
De vaidade prepotente
E besta
Pra quê?
Nada somos
Trago, outra vez

Somos sensíveis e sem nuvens
Céu azul e luz
Vem à cabeça
Na praia da Vida o que prevalece é o Sol
Rosto ao céu e gratidão

Observo, inepto
O mar e o arrebol
Seria esta a cor do amor?
Reflete no mar e percebo

Como há algo maior
Só pode ser Deus

Inerte, ainda aprecio o mar
O pôr do sol e o vento
Brisa traz seu cheiro
Vem do mar
então eu entro

Correnteza me leva
a você?
Sou tão leve, ainda que pesado pela saudade
ou pelo remorso?
Escuto as andorinhas e fecho os olhos
Água com sal arde a vista
É a justificativa que acho para as lágrimas

Que tal quebrar a rotina com uma música?

PAUSE. RELAXE. PLAY. ENJOY THE BREEZE.

Proponho um relax, mente aberta e música de pano de fundo para curtir sua brisa de hoje.

♫

BRISA MUSICAL
Parada estratégica para um SOM

Sugestões para o momento:

- With a little help from my friends – Joe Cocker
- Força verde – Zé Ramalho
- Stairway to heaven – Led Zeppelin
- Sentimento bom - Filosofia Reggae
- War / No more trouble – Bob Marley, Live at Stanley Theater
- Chega – Gabriel, o pensador
- El cuarto de tula – Diogo Nogueira ao vivo em Cuba
- A vitória demora mas vem – Diogo Nogueira
- To darkness / Kripa – Mumford & Sons
- Idas e voltas – Jorge e Mateus
- Abandonados pelo sistema – Tribo de Jah
- Sinto a liberdade - Chimarruts
- Aluga-se – Raul Seixas
- Canção da floresta – Fagner e zé ramalho
- Dig Dig Dig (Hempa) – Planet Hemp
- Reality – Lost Frequencies

Gostou?

Por que não deixa sua indicação de música no www.brisafilosofica.com.br para o BRISA FILOSÓFICA, Volume II?

Quê?

Assisti a um discurso da presidente na TV
Não entendi bem, confesso
Era algo como uma meta a ser seguida
Não se sabia bem que meta era esta
Tão pouco ela, a presidente, soube explicar bem
Ou, se soube, me faltaram neurônios e vontade
Eu não a compreendia
Pensei que fosse a brisa que me distraía a mente
Esfreguei os olhos, ainda vermelhos
Me esforcei
Mas nada
Não sei que meta era aquela que ela tanto ensaiava
Aliás, eu nem as queria ali na minha sala
A presidente e a meta
Sem quebrar a brisa tentei outros canais
Mas ali estava ela outra vez
De terninho e sorriso forçado
Não tive como escapar da meta
Qual mesmo?
Tentei fixar atenção às palavras da presidente
Mas daquela meta não entendi nada
Ou eu ou a presidente não estava no dia certo
Eram números demais
Concentração de menos
Mas ainda assim consegui ouvir gritos ao longe
Eram vizinhos a bater panelas nas janelas
Brigas de casais? Pra que bater panelas?
Luzes em pisca-pisca chamavam a atenção
Será que tinha a ver com a meta?
Ou poderia ser alguma reação de indignação contra os aumentos desenfreados das contas de luz?

Acende, apaga e buzinas
Panelas e gritaria
E a presidente nas telas da TV tentando explicar a meta
Era para dobrar a meta quando a alcançasse?
Foi isso que ela falou?
Papo de louco
Gente louca
Louco eu?
Estou passando mal
Por que será?
A brisa? O panelaço? A gritaria? A presidente? A luz acesa?
Melhor eu tentar dormir
Apagar a luz, a TV e curtir minha brisa
Gasto menos energia elétrica assim...

Desabafo indignado de cidadão comum

Estou bêbado, sem voz, mas não mudo
Tenho que me manifestar também
Meu lado trabalhador, que eu nem sabia que existia, está indignado com esta parafernália toda
Minha veia sindicalista quer subir no palanque
Sou bom nisso, sei convencer
Quanto desemprego!
Não posso concordar quieto com essa bagunça toda
Me dá um gole aí
Vou tomar outro trago
Pronto, agora me passe o microfone e aumente esse som
Adoro uma câmera
Avisem os jornalistas
Rumo a 2018!
Olhem só como sei falar bem:

"Político corrupto merece cadeia, mas sem regalias nem televisão
Desvio de dinheiro público merece punição exemplar
Redução dos gastos públicos é prioridade
Assim como reforma tributária, política e trabalhista
Candidatos a qualquer posto público deveriam ter, no mínimo, diploma de graduação
Ficha limpa é obrigação
Incentivo às indústrias gera emprego e renda
Por que não valorizar o brasileiro?
Por que não respeitar a nação?
Para que médicos estrangeiros ou reforma em portos cubanos? Financiar outrem? E nós?
Para ajuste econômico, quero políticos suecos então!
Um país recordista em arrecadação de impostos
Tem a faca e o queijo nas mãos

Mas com ratos no comando
Comem o queijo e usam a faca para cortar a garganta de quem os contraria
Tem solução?
Corrupção zero e punição com rigor
Transparência e educação
Repito. Educação.
Bolsa família para quem precisa
Bolsa da Louis Vuitton para minha esposa (gravou isso?)
Reforma constitucional e direitos iguais a todos
Sem privilégios
E por que os tem?
Para se safarem nas brechas da lei?
Se já vivem em outro planeta
Lancem-nos a Marte!
Mas sem dedos
Cortem os dedos dos políticos corruptos!
Não o meu!"

Pronto. Falei.
Será que convenço com esse discurso óbvio?
Lembro que falei isso anos atrás
Poxa, não fiz nada disso que falei? Ou fiz?
Meu filho, cadê você?
Dê-me outro trago e mande selar o cavalo.

Entrevista para Presidente

— Já foi presidente antes?

— Sim.

— Responsável por orçamento financeiro? Investimentos? Responsabilidade fiscal, tributária, previdenciária? Comente.

— Sim. Nesta posição, ter lisura com o dinheiro alheio é preponderante. Sempre conduzi e orientei a todos para que mantivessem integridade e transparência no exercício de suas funções. Monitoro de perto e procuro escolher os mais competentes para estarem à frente de minhas equipes de trabalho. Montar equipes adequadas é um pilar importante para uma gestão de sucesso. Honestidade não é requisito, é o mínimo que se pode esperar.

— Trabalho em equipe é fundamental. Foi responsável por pessoas? Associações? Sindicatos?

— Sim, sou justo e correto no trato com as pessoas. Independente de posição hierárquica ou classe social.

— Mas sabe comandar pessoas? Detalhe um pouco mais.

— Essa sempre foi minha melhor habilidade. Procuro sempre me aprimorar na gestão de pessoas e liderados. O líder precisa ser um exemplo, inteligente, persuasivo, humilde, mas enérgico. Firme e imparcial, mas humano em suas decisões. Afinal, as pessoas são a matéria-prima mais estratégica para qualquer gestão.

— Já se envolveu em alguma situação que desabona à sua imagem? Responde a algum processo? Tem ficha limpa?

— Absolutamente. Nesta carta, há pelo menos 5 importantes referências ao meu respeito. Fui educado valorizando a honestidade, a honra e lealdade. Meus pais repudiavam a mentira e a corrupção. Venho de família tradicional e à moda antiga.

— Você vai precisar cuidar de vidas, famílias, distribuição de renda de forma justa. Tem experiência no trato social?

— Tenho sim. Já fui responsável por 200 empregados e sempre procurei reconhecê-los de forma ética e por mérito. O trabalho coletivo em prol do bem comum precisa ser cultural. Natural. O bem de um é o bem de todos. Ou melhor, o bem de todos é o bem de um. De cada um. De cada família. Responsabilidade social é obrigação.

— Qual sua escolaridade?

— Bom, com esforço do trabalho dos meus pais, estudei em ótimas escolas e tive oportunidade de fazer universidade, especializações e MBA. Estudei fora, nos Estados Unidos e Espanha. Me especializei em Business Administration na China.

— Muito bom.

— Obrigado.

— Nossa vaga é para presidente. Suas habilidades técnicas e escolaridade são apropriadas, em demasia. Tem boa apresentação e é comunicativo. Fala um português sem erros. Isso é um bom exemplo. Incentiva a nação a estudar a própria língua de forma correta, ainda que existam tantas formas coloquiais pelo grande Brasil.

— Temos que usar uma linguagem correta que toque a quem nos ouve. Temos que falar a língua do nosso pessoal, mas isso não significa falar errado e destruir a correta ortografia, concordância, pronúncias etc.

— Concordo com você. Falar a língua do povo não significa falar errado a língua deles...

— Por aí. Isso é o que tento fazer. Falar é fácil, o dia a dia é desafiador.

— Você, meu caro candidato, tem o perfil perfeito. Mas está muito qualificado. Estou vendo aqui. É muito estudado. Tem cursos até na Rússia e Japão. Fala vários idiomas. Tem qualificação técnica de alto executivo do setor privado. É muito ético e contundente. Nossa vaga de presidente não precisa de tanto assim.

— O senhor ainda não me revelou o nome da empresa. Já lhe perguntei algumas vezes.

— Brasil.

— E o que faz a Brasil? Não tive como pesquisar sobre essa empresa, já que o senhor vinha me privando desta informação.

— Você está muito qualificado. Mandaram você para a vaga errada. Só falta dizer que tem ascendência sueca.

— Meu caro entrevistador, para eu conseguir um trabalho de presidente é preciso graduação, especialização e cursos internacionais, MBAs e diploma de outros tantos idiomas. É preciso uma carreira isenta de vírgulas e dúvidas. É imprescindível experiência na gestão de pessoas, responsabilidade social e ambiental. É importante ser orientado para resultados, pois perseguimos metas audaciosas. Para ser responsável por 200 empregados e com um orçamento milionário, como atuei por alguns anos, é inaceitável não estar preparado e altamente qualificado. É uma exigência de qualquer acionista que preze pelo seu investimento, pela sua empresa, pelos seus empregados, pela sua integridade e zelo pelo seu negócio. Certa vez, desconfiamos de algumas práticas pouco transparentes de alguns colegas e instalamos uma investigação. Estavam desviando material da fábrica. Foram mandados embora da companhia e por justa causa. É inadmissível um comportamento desses.

— Mas aqui não é bem assim. E não são 200 empregados, mas sim 200 milhões de habitantes. Para ser presidente aqui, não precisa ter sequer nível superior. Qualquer um pode se aventurar.

— Se aventurar? Me estranha a empresa Brasil com esse número de pessoas não exigir certas qualificações como requisito obrigatório para concorrer à vaga. Ser presidente pode até ser uma aventura, um desafio, mas requer seriedade e respeito. A empresa Brasil se dedica a que tipo de negócio?

— Não é empresa! É o país Brasil!

— De fato, deve ter havido algum engano. Mas fica a dica. Exija, ao menos, grau superior completo aos seus candidatos. É o mínimo que se pode esperar de um presidente de uma empresa, quer dizer, de um país. A população merecia esse avanço tão simples e nobre. Pense nisso. Quem poderia propor essa mudança?

— Pois é. Mas acho que não interessaria ao sistema. Vale a reflexão. Você não serve para esta vaga.

— Entendo. Até breve. Boa sorte. Você vai precisar!

CONFISSÃO DE POLÍTICO
(à beira *das mortes*)

por Geraldo Miguel

Venho de algumas vidas
antes desta,
ainda assim,
terei que viver outras,
no esforço de obter
'delação premiada' perante
o Juiz Supremo...

Cometi atos espúrios,
tantas pessoas agredi,
ceifei esperanças,
abusei de arrogância,
desviei demais as contas,
vendi, me vendi,
criei marionetes,
ardis,
celerados...

Quantos crédulos
não choraram
por mim
e por causa de mim?

Quantos inocentes
não correram esperançosos
atrás de mim,
e, no entanto, eu,
tagarela,
dotado de firulas e evasivas,
prescindi
de suas sedes por justiça
e honestidade?...

Nunca fui competente
para perceber a dor do outro,
a cor do outro,
o clamor do outro,
as suas diferenças,
desditas,
e penúrias...
nunca fui competente o suficiente

O meu cérebro,
mal construído,
confrangido,
confuso
e desviado
para longínquas terras e bancos,
nunca permitiu a liberdade
do outro
sem antes moldurá-la,
amolgá-la,
impingir-lhe o meu espectro,
o meu poder,
a minha vontade,
a minha aspereza e indiferença,
a minha fenomenologia
política,
ética,
moral...

Sempre fui soberanamente eu
e por isso caí de forma tão grotesca
e tão solitária.
Durante minha vida me tingi
de múltiplas faces
e bases,
me encobri de degeneração,
me cobri de falsos parceiros
e profetas...

Impassível, não senti
meu coração tocar,

verdadeiramente,
o coração da minha gente,
a fim de compreender-lhe
o sofrimento,
a compressão de suas mordaças,
a causa de seus engulhos...

Egoísta e mercenário me firmei
Não nego os desvios obscuros
As encomendas na calada da noite
Calada, quieta e ameaçada
Eu a mataria se abrisse a boca
E noite tem boca?

Fui muito bom
de discursos prolixos
– infalível anzol para fisgar
crença e votos – e
assim me locupletei... E como!
Ai, que dor no peito!
Oh, Senhor,
onde estás?
Salva-me!

Me prosterno,
cristamente,
arrependidamente.
Será?

Minhas mãos, pesadas
e prensadas,
ascendem em postas
à tua Porta,
implorando indulto...
Salva-me!

Juro, Senhor,
em minha longa trajetória
houve
primaveris manhãs,

conluios,
acordos sub-reptícios,
promessas inúteis,
rasgos
muito lucro – e isso
não é pecado!

Houve, não nego, astúcias,
farpas,
falta de escrúpulos,
farras e farsas,
pilhérias, alianças – nuanças
de um político
bem-intencionado...
e como fui!

Passível, como qualquer ser,
de enganos e desvios,
trapaceei (de novo,
não nego)
com engenho e arte.

Oh! como fui artífice
em trapacear (Senhor, aí há
um pecadinho pequeno. Perdoa-me!),
mas nunca chafurdei
nem precisei
de tornozeleira eletrônica...
Ah, isso não...

Deste cárcere fétido,
em que pousa o meu corpo,
igualmente fétido e fedido de urina
recende um cheiro de excremento...
Meu? Eu?
Salva-me!

Por que, Senhor?
Choro, choro muito – e Tu,
nem te compadeces?...

Estou à beira da morte...
Quero ser cremado
para não ser bem-vindo
aos vermes da terra,
e servir-lhes de mesa farta,
fustigados pela decepção
daqueles a quem tanto fiz sofrer...

Cremam-me!
Oh, miseráveis seres,
por que lhes cruzei
e lhes crucifiquei
a Vida?

Que dor insuportável!

Oh, o diabo que me carregue!
Diabo?
És tu que estás aí de espreita,
verme voraz?
És tu que estás a gargalhar?
Vamos negociar...
Tem eleição no Inferno?
Ministérios?
Aiiiiii-iiiiii!

O BRISA FILOSÓFICA É CONTRA A CORRUPÇÃO!
Quem falou que estamos assistindo a tudo calados?

Poste um vídeo em seu Instagram e convide seus amigos a fazerem o mesmo. Não deixe de marcar @brisafilosofica com a hashtag #BRISAporumbrasilmelhor.

Faça individualmente ou junte seus amigos, familiares e quem mais você conseguir incentivar para manifestar essa indignação. Poste seus vídeos.

Boa hora para soltar a voz e expressar ao público a indignação que habita em todo cidadão, cansado de tanta roubalheira e carente de governança pública.

Aproveite a onda do BRISA FILOSÓFICA e faça seu post. Seja contundente, intenso e verdadeiro. Não precisa baixar o nível, nem desrespeitar ninguém.

Faça seu vídeo de forma franca e cidadã, à sua maneira:

"EU TAMBÉM SOU CONTRA A CORRUPÇÃO!

Sr.(a) Digníssimo(a) CAI FORA!"

SOCORROOOOOOOO!!!!

BRISA FILOSÓFICA apoia a honestidade e a punição exemplar aos políticos corruptos.

#porumpaismaiseducadoeeducador #maisimpostoNAO

INCENTIVE a boa prática cidadã e faça sua parte!

Diga obrigado, por favor, bom dia, seja bem-vindo e volte sempre. Seja gentil, solidário, solícito, educado. Não jogue lixo nas ruas, não dê as costas a quem precisa, não dê propina, não fale palavrões, não faça fofocas, não queira ser melhor ou maior do que os outros. Dê bons exemplos de cidadania, dê valor à escola e aos professores, dê sua contribuição à sociedade, dê bronca em quem faz o mal, em quem dá jeitinho e esconde podridões embaixo do tapete. Honre suas palavras, cumpra o que você promete, seja ético sempre, assuma seus erros, seja responsável, pontual e franco. Seja trabalhador e dedicado ao seu empregador. Tenha crédito e tenha respeito por si mesmo e pelos outros. Honre seus pais. Ajude seu país.

#corrupcaoNAO

Xadrez às avessas

Rotularam-me de peão. Mas prefiro ser rei. Apesar de que, na realidade, estou mais pra cavalo. Peão de carga. Ainda assim, prefiro mesmo ser rei. Xeque.

Vem chuva. Raios e trovões assombram a cidade. Escuta-se sirene. Bombeiros a salvar feridos e sonhadores.

Incêndio na fábrica. Era o que faltava. Todos passam bem. Foi só um susto. Ufa!

Rádio-peão anuncia um óbito. Queimou o fusível VFC #194 da máquina principal da fábrica. Sem ela, não sai produção. Xeque.

— Chamem os peões! — Gritou desesperado o diretor da fábrica, o Berlusca.

Eu era um deles, ainda que preferisse o reinado. Eu era peão. Fui correndo para a fila.

Ao lado do rei, Berlusca gesticulava, acenava e dava ordens em tom de ameaça. Berlusca era um metido a besta de origem italiana. Sem humildade, nem respeito ao próximo. Tinha diploma duvidoso e gostava de farra e fofoca. Não se sabia como ele havia chegado àquele posto. Talvez pelos berros ou burros.

Mas gritar com meus colegas eu já não iria admitir. Eu sei de coisas, ué. E agora é minha hora de me tornar rei. Xeque.

Do lado de cá, enfileirados, peões, pais de família e carregadores de piano ensaiavam tentativas frustradas de ligar a máquina.

Não são simples peões. São guerreiros brancos, negros e misturados. Deveriam ser considerados leões.

O rei sabia da dedicação de seus trabalhadores. Mas esse narigudo italiano parecia que não. Continuou a gritar até que constataram que aquele fusível era relíquia técnica. Fora de linha e sem disponibilidade local. Acionaram o Compras, mas por ser peça importada e sob encomenda, o prazo de entrega ultrapassaria a um mês. O rei ordenou a compra imediata para ganhar tempo. Mas e até chegar esse fusível novo?

— Façam esta máquina funcionar ou mando todos embora. Aqui quem manda sou eu! Tentou fazer desnecessária pressão na peãozada. Àquela altura dos acontecimentos, de nada adiantaria. Berlusca deu um último grito e saiu para pitar.

Italiano descontrolado. Só sabe gritar. Sem aquele fusível especial, seria tudo em vão. Será que ele não sabe disso? Ou está querendo aparecer para o rei?

Foi uma torre de Babel. Ninguém se entendia mais. Eram peões para um lado, gravatas para outro. Eu fiquei ali a observar o desespero daquele italiano besta. Tratava os peões feito cavalos. Não aliviava, mesmo ciente de sua dependência àquela gente. Sabia que o Rolex de seu pulso exigiu suor de muitos dali. Mas não abaixava o nariz, nem pedia favor. Feito pombo de briga foi ao encontro do rei. "Puxa-saco incompetente!", pensaram, certamente, muitos.

Ao entrar na sala silenciosa e arejada pelo ar-condicionado, se desfez da carcaça de abutre e rastejou-se ao rei feito cordeirinho e deu a notícia: "Queimou a peça principal. Não sei o que fazer, meu mestre! Sem produção, não atenderemos aos pedidos de venda; sem venda, não haverá dinheiro e, sem dinheiro, não pagaremos os fornecedores, nem funcionários, nem outro Rolex — murmurou para si próprio. Será uma tragédia, meu mestre. E nem o fabricante tem a peça para atendimento imediato".

— E por que não temos esse fusível no estoque se é tão vital assim?

O italianinho tentou fazer cara de paisagem ou de cãozinho de pelúcia sem dono. O erro era dele. Mandou tirar tudo do estoque, deliberada e indiscriminadamente. Forjava resultados. Escondia manobras pessoais e procedimentos obscuros.

— E agora? Se vire — exaltou-se o rei.

— Vou demitir metade da turma já que 'não puseram' um fusível reserva no estoque. Vou infernizar essa gentalha que não faz nada. Não vão ficar de braços cruzados até chegar a peça. Vão se ver comigo!

Assim que saiu da sala do rei, tentei me aproximar do Sr. Berlusca. Encostei-me ao tal italiano e avisei.

— Sei onde tem — falei timidamente.

Xeque.

— Vá para seu posto! Conserte essa máquina e vá trabalhar, seu peão sindicalista.

— Mas eu sei onde tem um fu...

— Vá trabalhar — gritou o italiano, sem deixar que eu completasse a frase.

— Senhor, vai ser impossível ligar a máquina sem o fusível. Ofegante, interrompeu nossa conversa o chefe da Manutenção. E repetiu: sem o fusível especial, VFC #194, a máquina trava totalmente. Melhor alguém pegar um avião e ir buscar uma peça nova, urgentemente.

— Ok! Avisem a secretária do rei. Estou embarcando para Fusivellândia e trago a peça comigo.

Gastou-se uma fortuna com essa viagem.

E o prazo de fabricação? Esqueceram-se dessa simples e tão importante pergunta. Depois do embarque de Berlusca, veio a posição. Seriam 23 dias, britânicos.

O italiano ficaria por lá para fazer pressão no fabricante. O rei autorizou o tempo que fosse necessário para que se resolvesse o assunto.

Enquanto esperava a peça ficar pronta, Berlusca passearia pelas ruas italianas a procurar outras opções. De quê?

A fábrica, ainda parada, sugeria o caos. E acumulavam-se os prejuízos.

Mandei insistentes e-mails e mensagens ao italiano.

— Eu sei onde tem o fusível. Eu sei onde tem um. Me ligue ou responda essa mensagem. Preciso falar com o senhor. Tenho como ajudar etc. etc. etc.

Não recebi retornos.

Procurei o rei, então. Não poderia mais esperar. Alguns colegas tinham seus postos de trabalho em risco. Aquele italiano era capaz de tudo para safar-se ou para pôr a culpa em alguém.

Não me segurei e pedi ao rei que me ouvisse. Em desespero de causa, e sem o seu cão de guarda Berlusca, para intermediar nossa conversa, o rei humildemente me recebeu.

Imaginem só, um peão de fábrica, inacreditado e simples, indo salvar a pátria dos peões.

Ao encontrar o rei, mostrei minhas insistentes investidas para avisar ao italiano que eu sabia onde tinha uma peça reserva.

O rei, ainda desconfiado, pediu para que eu fosse buscar a peça.

— Mas está dentro da gaveta do Berlusca e a sala dele está fechada. Foi viajar às pressas e levou as chaves.

— Mas como? Ele veio cheio de argumentos e disse que teria de ir a Fusivellândia para buscar a peça... Autorizei gastos exorbitantes para colocar essa fabrica funcionando logo... Autorizei que a esposa dele fosse junto a fim de que ele não ficasse sozinho lá. E tem um fusível destes na sala dele?

— Pois então, o Berlusca pegou o fusível reserva para emprestar ao nosso concorrente. Como a peça não serviu, eles devolveram no mesmo dia e vi o Berlusca guardar o fusível na gaveta dele. Acho que ele se esqueceu disso. Precisamos verificar. Vai que...

Sem hesitar, o rei dirigiu-se à sala de Berlusca e mandou arrombar a porta. Forçaram a fechadura da gaveta e ali encontraram o fusível perdido. Fusível salvador. Em alguns minutos, a máquina já estava a todo vapor. Os peões, feito cavalos, já atendiam aos atrasos e, como sempre, davam o suor pela fábrica do rei.

Pela minha atitude destemida e atuante, fui promovido e recebi reconhecimentos. Fiz questão de dividir com todos os meus colegas peões. Afinal, somos uma legião. Um por todos e todos por um. Aqui ninguém brinca em serviço. Somos peões sim, mas trabalhadores! Sem nossa força e empenho, nem fusível, nem italiano besta produzem sozinhos. Exigi mais respeito aos colegas, pedi para que se instaurasse uma investigação por abuso de poder por parte de algumas chefias, recomendei mudanças de lideranças, indiquei importantes reduções de custos e despesas tantas vezes apresentadas, mas engavetadas feitas um fusível esquecido. Fui rei, por poucas horas. Mas revolucionei e consegui valorizar minha tribo. Eles merecem. Ganhei aumento e fui curtir com minha rainha. Até o bispo veio nos abençoar.

Na sala do italiano, ainda encontraram outras peças cilíndricas, documentos comprometedores e fotos do Berlusca vestido de dama.

No jogo de xadrez, peão é peão. Nada contra as damas, mas aí já é outro jogo.

Berlusca nunca mais voltou, para felicidade da fábrica do rei.

Descobriu-se que nem italiano ele era. Documentos eram falsos, assim como sua personalidade e diploma.

Era brasileiro de sobrenome Silva. Mas não Silva feito a outros tantos milhões, honestos e dignos.

Era um Silva daqueles que queima o filme de todos nós. Xadrez nele!

Xeque-mate.

Que tal quebrar a rotina?

Proponho uma brisa, um relax, mente aberta e um filme. Divirta-se!

Brisa e Sétima Arte

Parada estratégica para um filme

Sugestão para o momento:

- Pulp Fiction
- Assassinos por Natureza
- Trainspotting
- Laranja Mecânica
- Coração Satânico
- Apocalipse Now
- O Silêncio dos Inocentes
- O Encurralado
- Um Estranho no Ninho
- Sobre Meninos e Lobos
- Os Imperdoáveis
- Jamaica Abaixo de Zero

Gostou?

Por que não deixa sua indicação de filme no www.brisafilosofica.com.br?

estado ALPHA

Precisei de ansiolítico. "É passageiro!" — disse minha médica.

Com ele vieram os conselhos. Não misturar com álcool, nem parar repentinamente. Minha médica, já bem experiente pelo avançar da idade, mas conservada em corpo atlético e cosméticos dos bons, alertou que, durante as relações sexuais, poderia retardar a ejaculação. Ela, para me incentivar, disse que alegra as mulheres o entardecer do gozo, pois prolonga o sexo.

O ápice da conversa veio com a sábia menção da professoral médica ao chamar o pós-gozo de *estado Alpha.*

Encerrou o discurso com maestria: "melhor do que o ansiolítico é o relaxar do *estado Alpha*".

De fato, o *pós-orgasmo* vem como um presente coadjuvante, de média-longa duração e extasiante. Relaxamento físico e mental. Sonolência prazerosa, respiração ofegante que se acalma. *Estado Alpha* pleno. Prazer gratuito. Presente divino.

Cabe ao gozo, em si, a responsabilidade do clímax, do sentimento máximo do prazer. O gozo vem como explosão. Auge da satisfação sexual. Excitação total. Acompanhado de gemidos, gritos, suspiros. Normalmente de duração curta e intenso na sensação.

Em fração de segundos entramos em êxtase. Viramos a chave da delícia explosiva do orgasmo e migramos à sensação do pós-gozo. *Estado Alpha.* Sentimento extasiante que relaxa mente, corpo e alma.

Passei a ser um observador e apreciador do *estado Alpha.* É um sentimento completo, complexo, rico de prazer e endorfina.

Experimente essa sensação pós-gozo de forma intensa. Relaxe e curta o *estado Alpha.*

Certamente, boa parte dos leitores já experimentou esse momento, mas nem todos o fizeram de forma tão propositalmente profunda. Com entrega plena do corpo, alma e coração. Esquecendo o suor que ainda possa estar escorrendo, os cabelos despenteados, a vontade de ir ao banheiro, a preguiça que imobiliza o corpo, o relaxamento e leveza dos músculos, o palpitar ainda intenso do coração, a boca seca e amarga.

Todos os sentimentos misturados de forma tão deliciosa.

Brisa intensa da mente em *estado Alpha*, pós-gozo.

Ainda sobre o estado Alpha

Estado alpha, sentimento de prazer, normalmente precedido também por algum momento prazeroso.

O estado alpha pós-gozo é um momento delicioso. Para mim o mais gostoso já experimentado.

Feito fumo que bate à mente e eleva. Relaxa e tira da rotina. Põe em estado Alpha. Paz absoluta e risos.

Feito cobertor que aquece, após arrepios de frio, pés gelados, batidas de dentes e janela ao vento. Aconchego Alpha. Sensação de zelo, suspiro de alívio.

Feito um prato de comida, após uma longa e faminta espera. Estômago seco e ácido. Dor de cabeça pela fome e ansiedade. Saciar a fome dá gozo. Comer e ainda gemer de delícia por estar mastigando. Prazer alpha.

Feito uma urina que sai da bexiga apertada. Dor de alívio. Dorzinha de estado Alpha. Urina sai feito orgasmo.

Tantos imperceptíveis e simples momentos corriqueiros que elevam ao sentimento Alpha.

Coceira de picada de pernilongo?

Gol em uma partida de futebol?

Cafuné de mãe?

Aplausos de reconhecimento?

Presente de Natal?

Término de uma longa corrida?

Completar um álbum de figurinhas?

Papos sobre mulher, política, futebol, casamento e um carteado com amigos queridos?

Almoço na casa da mãe aos domingos?

Na casa da avó?

Uma taça de vinho em silêncio com o pai?

Uma noite bem-dormida, com celular desligado, quarto escuro, sem friso de luz ou barulho de rua?

Inspiração para uma poesia sensível?

Uma música de sucesso?

Um bônus recheado em retribuição ao trabalho?
Um chocolate derretendo dentro da boca?
Uma cerveja estupidamente gelada degustada com sede e com alguém especial?
Uma brisa em frente ao mar e em boa companhia...
Estado Alpha pleno!
E quanto aos ansiolíticos?
Era passageiro.

Virgem Maria

Maria tinha pinta. Pinta não; pintas. Que o plural seja posto em evidência, pois não estamos falando de sardas ou pintinhas. Maria tinha pintas. Muitas, espalhadas em seu lindo corpo feminino. Corpo atlético, malhado, sarado. Só não sarou das pintas. Tinha muitas. A geometria das pintas é algo ainda inexplicável. Há de tantas formas e lados. Ângulos e raios. Atribuem-se a algumas delas cores, cheiros, pelos e relevo. Há aquelas comparadas com aranha-caranguejeira. Pintas escuras e avermelhadas. Roupagem de inverno. Tanto que davam a sensação que iriam se mexer. Algumas se mexiam. Mudavam de lugar. Pareciam ter vida.

Outras mais acanhadas eram discretas, pequenas ou escondidas. Charmosinhas, sem pelo e sem cheiro. E sem graça. Clarinhas e de bom contorno. Passavam despercebidas. Não eram essas as pintas de Maria.

Maria acostumou-se ao bullying. Chamavam-na de todo tipo de apelido. Alguns amigos da escola davam tapas nas pintas de Maria. Pediam desculpas e ironicamente diziam achar que era uma pulga. Caíam em gargalhada. Outros vinham com borracha para tentar apagar. Já chegaram a lhe dar guardanapos para Maria limpar o chocolate no braço. As amigas, menos sarcásticas, presenteavam-na com pulseiras para que Maria escondesse as dos braços.

Certa vez, Maria foi a uma festa. Tímida e complexada, como sempre. Exagerou na bebida. Deixou-se levar por um papo bom e se entregou a um rapaz mal-intencionado. Ele, que já arrastava a voz e tinha seus olhos baixos e avermelhados, propôs uma saideira em seu apartamento. Maria, entre o efeito do álcool e sua virgindade rebelde, aceitou o convite. Ninguém antes havia feito tal proposta. Passaram a noite juntos. Maria, lá pelas tantas, acordou meio perdida e despida. Vestiu-se às pressas, deixou um recado sobre a mesa da cozinha e correu para casa.

Entre um sorrisinho juvenil e a sensação de ter se tornado mulher, Maria respirava feliz. Teria encontrado alguém. Ela não precisou se esconder.

Por alguns instantes, Maria ficou estática tentando trazer à mente as cenas daquela noite. Não se lembrava de nada, apenas de ter acordado nua na cama do rapaz. Acreditava que ele havia lhe tirado a roupa. Tocado seu corpo, mesmo que habitado por uma tribo de pintas.

Mesmo se esforçando em demasia, nada lhe veio à mente.

Procurou o rapaz no dia seguinte. Ele atendeu à campainha e mostrou um sorriso por vê-la retornar. Ela estava vestida com top e saia, quase mini. Ele, de macacão jeans e um chapéu carioca. Cigarro no canto da boca. Pediu para que o aguardasse na sala, pois tinha um presente para ela. Àquela hora Maria retocou o batom ansiosamente e, um pouco excitada, atendeu àquele pedido.

Ela esperava vê-lo voltar pela porta com ar de descolado e festeiro. Paquerador e realizador de sonhos e fantasias. Esperava vê-lo chegar já sem camisa e sedento por um beijo. Esperava tê-lo outra vez, sóbria e atenta, pois não se recordava do gosto do sexo.

O rapaz se aproximou e com ele um quadro pintado à mão. Era ela. Deitada de bruços, nua e embriagada. A imagem era perfeita. Maria de olhos vermelhos, como boa parte de suas pintas. Outras tantas tão artisticamente repetidas na tela. Maria não havia resistido à força do álcool e tinha apagado na casa do rapaz. Este, por sua vez, educado e talentoso, respeitou aquele momento e usufruiu da imagem rara que ali se deparava. Reproduziu uma mulher tatuada de pintas de todas as formas e cores. O rapaz era um pintor dos bons. Pintou Maria. Com sorriso de canto de boca, tirou a própria camisa e, com seu olhar oblíquo de artista, convidou-a para um novo drink.

Velho sem-vergonha

Da zona da minha realidade, me dirigi a outra, mais organizada, com manobrista, atendente, serviço de bar e mulheres. Ah, quantas mulheres!

Esqueci rapidamente daquela zona da minha rotina estressante, tão logo adentrei na zona paradisíaca da Zona Sul. Luz vermelha. Luz baixa. Clima casual e instigante.

Essa sim era uma zona de verdade! Eu precisava daquilo. Andava esgotado da pressão do trabalho, das cobranças da minha esposa, da pressão cardíaca. Eu precisava relaxar. Quebrar a rotina.

Sentei-me à mesa do bar. Estava bem frequentado, mas um pouco vazio. Talvez por ser terça-feira.

Copo de vodka à frente e duas loiras ao meu lado. Posso escolher. Dão mole demais. Carentes? Nem um pouco. Gostam de prazer. Assiduamente. Me viram chegar de carro importado e bem-apresentado. Barba feita e ar sedutor. Grisalho, mas de cútis preservada. Cansado da própria rotina.

Elas gostam disso: dinheiro, sedução e gozo. Em qual ordem? Depende do dia!

Uma é tatuada em boa parte do corpo, cabelos soltos e olhar de pantera. Tem fogo. Posso sentir. Atende pelo nome de Luma e não passa dos 25. Exala sexo e perfume importado. Uma cereja desenhada em seu pescoço clama por uma mordida. Minissaia branca e decote. Que delícia de mulher.

A outra, de silicone menos extravagante, faz saltar à vista suas curvas e dotes. Malhada. Rata de academia. Deve ter 22 aninhos e muito hormônio. Olhos azuis angelicais, mas mente de diabinho. Safada. Sinto sua sede. Sua boca é carnuda e vermelha. Sexy. Atende por Super Bianca.

Pelo brilho dos olhos de Luma e Bianca, hoje a ordem seria gozo, gozo e gozo. Sedução já não era preciso. Dinheiro? De pinga. Eram baratas. Faziam por prazer, vocação e um agrado na despedida. Ereção? Essa sim, imprescindível. Mas nessa hora e com essa fadiga toda?

Concentro-me nos peitos de Luma, enquanto aperto as coxas de Bianca. Tento entrar no clima. Sinto uma língua preparar uma de minhas orelhas para uma mordida arrebatadora.

Beijo as duas de uma só vez? Me esforço.

Levanto e vou ao banheiro. Lavei o rosto e me olho no espelho. Faço caras e bocas. Entro no mictório, urino e converso com meu pênis. Peço para ele reagir. Lembro a ele as loiras que nos esperam do lado de fora. Imperdíveis. Eu me esforçando ali sozinho enquanto ele tímido e escondido. Poxa amigão!

Enfim, ele responde com uma pontada. Outra. Deu umas bombadinhas... Ufa!

Retorno à mesa, mais confiante e voltando ao clima. Peço uma tequila, sal, limão e um drops de hortelã. Bebi e repeti o trago por mais três vezes. Senti meu corpo mais leve, meu pênis reagir e meu braço formigar. Mas agora era a hora? Ou eu deveria esperar o efeito do comprimido?

As loiras se beijavam e se acariciavam. Me puxaram para o meio delas. Eram espetaculares. Profissionais do sexo. Doutoras do sexo. Divas do sexo.

Senti uma pontada. Essa não vinha do pênis, mas do peito. Perdi um pouco de ar. Fiquei ofegante e com voz rouca de sedutor. Fui perdendo a consciência. Tequila?

Enrolei a fala. Tremi e caí sobre a mesa. Faltava ar, faltava força, faltavam voz e coragem. Firme e latejante apenas meu pênis. Duro e palpitante, feito meu coração que deu uma última batida e parou.

Fiquei ali. Parte caída sobre a mesa e parte ereta.

No bolso da calça uma receita médica. Prescrevia 1 comprimido 30 minutos antes das preliminares, mas o ataque cardíaco não me permitiu passar das carícias. Morri, de vergonha. Aos 76 anos eu já não daria conta de duas loiras da metade de minha idade. Corri aos comprimidos estimuladores, mas esqueci das safenas, pressão alta e diabetes. Não li a bula. Babei até o hospital mais próximo.

Quanto à loiras, me roubaram a carteira. Era de dinheiro que gostavam.

Fui entubado, mas, ainda assim, permaneci ereto. Poucos minutos de potência ainda me deixariam esnobe às enfermeiras, que sorriam ao ver o lençol branco armar barraca. De repente, meu coração deixou de bombear sangue para minha parte íntima. Assim como eu, meu pênis perdeu potência. Aos poucos foi ficando meia-bomba. Murchou de vez e caiu. Tombou e morremos ali. Meu pênis e eu.

Cumplicidade de cunhado

Eram cunhados. Distantes e sem muita sintonia. Trocavam cumprimentos nas festas de famílias. Eram cunhados e educados. Conheciam-se pouco. Falavam-se pouco. Mas quando o encontro os forçava a uma conversa, evitavam os assuntos polêmicos que poderiam colocá-los em desconforto de opiniões. Preferiam o silêncio muitas vezes, para não manifestarem interesse por futebol ou política. Se um torcesse pelo Fla e o outro pelo Flu, estaria ali a guerra declarada. E se um fosse petista? Melhor o silêncio, deduziam.

Eram cunhados, reservados e simpáticos.

Certo dia, em um final de tarde, se encontraram em uma casa de massagem. Prostíbulo de luxo. Day care do sexo. Local discreto, caro e para clientes reservados. Assim como eles.

Discretos, trocaram cumprimentos de longe. Ambos ficaram roxos de vergonha. Tentaram disfarçar o impossível. Estavam ali prestes ao adultério e pegos de surpresa.

Será que ele veio me seguir a mando da irmã? Será que veio ver o que eu vim fazer aqui? O que esse cara veio fazer aqui?

Era inevitável a conversa. Alguém teria que quebrar o gelo.

Antonio, o flamenguista e marceneiro, abriu o sorriso, disfarçou e veio ao encontro de Bruno.

— Imagine que tive que passar aqui para recolher alguns cheques. Essa casa de moças refinadas não paga a duplicata dos móveis há três meses. Vou ter que pôr no cartório. E olha que aqui deve dar muito dinheiro. Fogo, né? E você, Bruno, o que veio fazer aqui?

Bruno, mesmo com algumas mulheres já sussurrando ao seu ouvido e provocando-o com os bustos, respondeu acanhado:

— Você não vai nem acreditar. Vim buscar um amigo que está bêbado em um dos quartos. Me ligaram para resgatá-lo antes que a esposa do coitado descubra essa safadeza.

Antonio pensou: "Que cara de pau! Que história para boi dormir... Vai trair minha irmã e vem com esse papo de amigo bêbado. Bêbado está ele com este bafo de cerveja".

Quem estaria dizendo a verdade?

Bruno sacudiu as mãos de Antonio e saiu pensando consigo mesmo: "Que cafajeste. Vai trair minha irmã e fala que esta casa deve para ele... Como pode uma casa dessas ficar devendo dinheiro de móveis... Conta outra!".

A casa ficou cheia ao cair da noite. Música alta e muitas mulheres entre tantos clientes já impediam qualquer encontro entre os dois.

Antonio procurou Bruno.

Bruno procurou Antonio.

Encontraram-se novamente no estacionamento.

Bruno, de cabelos molhados, cigarro aceso na boca e cara de paisagem, carregava um amigo no ombro. Seria o tal bêbado?

Antonio contava uns cheques entre outras notas de dinheiro. Cara de alívio. Cara de realizado. Descabelado pelo vento, talvez. Ou pelas mãos de alguém? Camisa desabotoada e respiro profundo. Teria ele recebido o pagamento pendente?

Antonio, entre a dúvida e o arrependimento, preferiu não julgar o cunhado. Afinal de contas, Bruno carregava um amigo bêbado. Estaria ali resgatando um desses amigos solteiros e sem noção?

Bruno, contente ao ver Antonio contar dinheiro ali, se redimiu. Como pude desconfiar do Antonio? Veio pegar seu ganha-pão.

Trocaram novamente cumprimentos e cada um seguiu seu caminho.

Antes de se distanciarem, Bruno acena para Antonio e diz: "Se precisar vir cobrar novamente alguma conta por aqui, me avise. Venho contigo. Melhor vir acompanhando. Lugar esquisito esse!".

Peito de pombo e segredo

Ele era um tipo. Alto, olhos claros e ar superior. Tendia mais para a prepotência do que para a elegância. Era arrogante, mas sem charme. Autoritário, mas não líder. Ocupava cargo importante e tinha poder. Essa era a parte que chamava atenção dos olhares femininos, mesmo que a argola de ouro em seu dedo não negasse o compromisso.

A cada nova entrante na Organização, o recado era dado: "Fique longe do Caetano! Cuidado, ele é paquerador! Um galinha! Casado e galinha!".

Para algumas, ele era nojento e insuportável. Insinuações e paqueras eram seu vício, além do cigarro. Cantava todas as meninas, mulheres e senhoras. Usava velhos jargões e xavecos maquiavélicos. Muitos descabidos e inapropriados. Caetano era pouco educado. Olhava descaradamente os corpos femininos. Mexia, piscava, sorria, tentava.

Os colegas de departamento achavam-no o máximo. Ele sempre tinha histórias para contar dos seus casos extraconjugais. Contava experiências com ar de galanteador. As fofocas corriam os corredores. De certa forma, inflavam sua fama de conquistador.

Circulava de nariz empinado e peito de pombo. Roupas de marca e relógios importados. Sorriso amarelado pelo fumo e na boca hálito de nicotina.

Quando os fios brancos lhe deram senioridade, voltou para academia, fez tatuagem e voltou a frequentar os bares mais joviais. Lutava contra a idade. Apelava aos cosméticos, botox, cirurgia. Operou as vistas e certas rugas. Era vaidoso. Extremamente vaidoso. Ego insuportável.

Falava alto, contava vantagens, dono da razão e de todas as verdades. Mas ao falar das mulheres se transformava. Quando havia um rabo de saia na frente, então, aí até o tom da voz era outro.

Era reconhecido como um garanhão. Também, com toda aquela pompa!

Certa vez, a casa caiu. Sua esposa desconfiada o seguiu. Viu-o entrar em um motel da cidade. Na fachada lia-se MOTEL SEGREDOS. Não hesitou e entrou também. Procurou o carro do Caetano nas portas dos quartos e o encontrou na suíte 24. Duplex.

Outro carro estacionado ao lado só podia ser da amante. A esposa de Caetano tremeu, mas já não aguentava mais a dúvida, a tristeza, a falta de carinho, a solidão.

Aproximou-se da porta em silêncio na ponta dos pés. Ouvia a voz de Caetano.

Quem seria a amante?

Decidiu encarar a verdade.

Ao abrir a porta de supetão, deu de cara com ele. Marcelo?!

Aos olhos de quem?

Chego só e com fome
Minha mesa vazia
Olho a do lado e vejo gominhos e músculos
Sinto frio na barriga
Peço um drink e observo
Grama do vizinho é sempre melhor
Melhor será também se for o dele
Não o meu filho
Que use calcinha

Se menina de pé grande é sapatão
Que seja a filha dele então
Não a minha
Que calce 42

Não ligo se encontro casais de meninos nos bares
Nas mesas vizinhas
De mãos dadas e risadas altas
A se igualarem
Não comigo!

Ali estou de passagem
Bebo outro drink e me solto um pouco
Deixo a pose de ditador e me visto de noite
Vadia, vazia e sem hora
Obscura e cheia de segredos...

Pago minha conta
Levanto-me e vou, não mais incrédulo
Com o meu vizinho de grama rala
Cheguei só e com fome
Mas levo um pão para matar a fome...
Amanhã é outro dia
Volto a ser eu outra vez, severo José Ortodoxo
Agora sou Rose...

ORTODOXIA

por Geraldo Miguel

O que importa
na vida
é ter alguém.
Não importa quem
nem cor
nem raça
nem tamanhos
nem preferências
nem segredos...

O que importa é o amor
bissexual
transexual
homossexual
heterossexual
com mídia ou sem mídia
com eco ou sem eco
no varal
na cama
nu ao luar
no sarau
na praia
sob forte chuva
no cárcere
na via
de ida ou volta
no suspiro final
do pecado...

O que importa é o amor
que rejeita indolência
suspende desprezos
repara contrariedades
ampara esquisitices
embora prepare discussões
exaltadas adiante...

Havendo amor
há ardor
divergências
tolerância
juras
ternura
perdão
curas
recomeço...

Não me venham
com essa:
antigamente, havia
respeito e moralidade
era homem com mulher
e ponto!
hoje
é tudo sem-vergonhice
o mundo está pirado
e perdido.

Tolice...
antes era tudo escondido
isso sim!
Tudo enrustido
muita mentira e hipocrisia
nos confessionários
os pecados '*de barra pesada*'
eram ocultados ou camuflados
havia muito fuxico nos becos
nas paróquias
e as comadres ao portão
amavam o diz que diz
enquanto a sociedade gastava
tempo em devassar
e gerar delações...

As pecadoras jovens
iam purificar-se envergonhadas
com água-benta

confundidas com lágrimas e soluços
e – algumas vezes –
severas mortificações
em conventos.

Pecadoras PhD – aquelas
de pecado que capeta adorava –
eram expurgadas
escondiam-se sem arrependimento
atrás de portas discretas
de célebres e mal iluminadas
'*casas das primas*'
tudo sob olhares
atentos de mexericos tocados
e retocados às pressas
em quase todos os lares...

Hoje se veem a céu aberto
cornudos confirmados
confinados e conformados
ao '*status quo*' da própria situação
fingindo que nada acontece
sob suas vistas arengueiras...

Hoje a céu aberto
ecoam beijos e abraços
juras de amor
mãos dadas
sob chuva sob sol
entre dois seres
de sexo indecifrável
às vezes sem noção exata
do que está acontecendo...

Hoje a TV em cores
leva aos lares vozes
desafinadas
e gestos cheios de trejeitos
anciãs que se beijam
e se declaram libidinosamente

jovens do mesmo sexo mutuamente
seduzidos e expostos
a crianças que mal entendem
o bê-á-bá da Vida
e suas doses e poses
de concupiscência...

Qual a ortodoxia
menos agressiva
menos doentia?
De antes?
De hoje?

Fração de Segundos

HP
Adoro
Maquiagem
Salto e expectativa
Saia justa e curta
Top vermelho e decotado
Sexy
Sexo?
Talvez
Posto um foto no Insta
Muitas curtidas
Elevo ego e adrenalina
Estou pronta
Para a noite
Para o que der e vier
Sou livre
Solta e Rebelde
Tenho 15
Já sou dona do meu nariz
No relógio meia-noite e dezoito
Ansiosa
Som no carro para o esquenta
Tomo uma, duas
Dou um pega, dois
Fico louca
Fácil e irresponsável
Irresistível
Danço
Beijo um, dois, três
Não sou santa
No canto da balada
Um convite
Dentro do carro
Penetração
Como deixei chegar nisso?
O cara gozou
Babaca
Quem?
Ele?
Ou eu?
Fodeu...

Brisa erótica

Vicia feito droga,
dá barato, enlouquece,
perdem-se os sentidos,
causa dependência,
tão leve e intimista.

Prazer alucinado, enfeitiçado
hipnotizante,
dopa, feito droga alucinógena,
de graça, livre e totalmente liberada,
lícita e benéfica à saúde,
autorizada por Deus, o inventor.

Há um ritual para alcançá-la em sua plenitude.
À mulher cabe a parte delicada,
sedutora, sensível, perfumada,
olhar felino e arrepiante.
Quando abençoada, explode em desejo,
gozo concentrado nas partes mais íntimas,
louca e fora de si.

Ao homem, a força, o pelo,
masculinidade e pegada,
olhar de fera,
firme e intermitente,
bomba!

Mulher e homem,
trabalho conjunto,
encontro recíproco do prazer que entorpece,
pressão entre corpos e encaixe perfeito,

beijo que excita e leva à porta do gozo mútuo.
Para sentir esta bênção de forma cabal:
sintonia, carinho, respeito, cheiro, coisa de pele,
química que embriaga e música,
pano de fundo para engrandecer a arte,
do sexo.

Se entrelaçados e entregues ao prazer,
Em sintonia plena
Deus libera o orgasmo,
feito poesia do amor,
feito presente, feito bênção...

Pêssego em forma de gente

Mulher, todo dia é dia
Lábios e pele macia
Temperamento e carinho
Cheiro, química e suor
Desejo e poesia

Mulher, todo dia é dia
Prosa e libido
Sangue quente e emoção
Bico de criança
Se contrariada
Quem ousaria fazê-lo?

Mulher, todo dia é dia
Inteligência e revolução
Contornos e rebeldia
Valente e emancipada
Melhor companhia

Mulher, todo dia é dia
Aguçados sentidos
Tato de princesa
Olhar leonino
Ouvido de loba
Gosto de pecado
Olfato canino
E intuição
Qual seria o sétimo sentido?

Todo dia é dia de mulher
Mulher, todo dia é seu dia
Então parabéns por hoje
Por ontem, amanhã e sempre...

Que tal quebrar a rotina com uma música?

PAUSE. RELAXE. PLAY. ENJOY THE BREEZE.

Proponho um relax, mente aberta e música de pano de fundo para curtir sua brisa de hoje.

♫ BRISA MUSICAL

Parada estratégica para um SOM

Sugestões para o momento:

- So much things to say – Bob Marley & The Wailers
- True love – Soja
- Luz que me traz paz – Maneva
- The heathen – Bob Marley, live at Stanley theater
- Canção noturna – Skank
- Pra ela – Chimarruts
- Ginza – J. Balvin
- Todo sujo de batom – Belchior
- Legalize it – Peter Tosh
- País do futebol – Mc Guimé (part. Emicida)
- Epitáfio – Titãs
- Eu não aguento – Titãs
- Me chama – Lobão
- De volta ao planeta – Jota Quest
- Simples assim - Lenine
- Hello - Adele

Gostou?

Por que não deixa sua indicação de música no www.brisafilosofica.com.br para o BRISA FILOSÓFICA, Volume II?

Homenagem a minha Mãe, ou a Deus?

Deus se viesse à Terra encarnado seria Mãe
Pois só em pele de Mãe poderia ser Deus pleno
Deus-Pai

Deus se viesse à Terra encarnado seria Mãe
Sé em corpo de Mãe repetiria seu amor incondicional
Deus-Mãe

Deus se viesse à Terra encarnado seria Mãe
Deus, em Mãe, reproduziria seu olhar atento
de Deus e de Mãe.

Há horas em que se confundem Mãe e Deus, ou seriam a mesma pessoa?

"Coração de mãe nem sempre cabe mais um...
Claro, ela dá um jeito.
Acomoda.
Enfim.
Mas será que ela queria que fosse assim?
Pense nas mães ao tomar atitudes."

Rotina Frenética

Era uma senhora de idade. Não tão avançada, mas já tinha passado dos sessenta. Três filhos e uma vida difícil. Um marido de escorpião com temperamento imprevisível. Jogou na loteria toda a economia da família. A ela restaram as lágrimas. "Acertei dois números, quase deu", dizia ele para tentar minimizar o drama. Jogos de azar eram seu vício. Algumas cachaças antes das refeições também pareciam ser de um interesse habitual. Costume de pouco grado àquela senhora traumatizada pelo álcool, que levara o seu pai.

Era uma senhora de idade. Guerreira. Varizes e rugas. Educou seus filhos com muito amor. Mas três meninos não era fácil educar. Problemas na escola, brigas de rua, faíscas com vizinhos, pipa no telhado, puxões de cabelo, notas baixas, dores de barriga, falta de dinheiro para as férias, marido ausente.

Preparava o café, levava os meninos para a escola, voltava às pressas, passava na quitanda do bairro, um açougue no meio do caminho, contava as moedas, pegava pães na padaria e despenteada chegava para preparar o almoço, enquanto a roupa suja batia na máquina de lavar. Uma Brastemp de modelo antigo. Das parrudas e barulhentas. O nhec-nhec da lava-roupa martelava a cabeça daquela senhora, que seguia picando a carne e esquentando o feijão. Espiava a caixa de correio e contas aos montes estavam deixadas ali. Corria ao banco mais perto, pagava contas. Entrava no especial todo mês.

Era uma senhora de idade, mas nem tanto. Já tinha um celular, modelo tipo tijolo. Soava por volta da uma da tarde. Era sempre o filho do meio perguntando se ela não iria buscá-los na escola.

Desligava a boca do fogão, tampava as panelas e disparava para a escola dos meninos, que já a esperavam no portão. Mortos de fome, roupas sujas da aula de educação física. Agendas cheias de recados aos pais, passeios a pagar, provas para vistar e livros para comprar para a prova do final do mês.

Era uma senhora de idade, mão calejada, fios brancos e exímia cozinheira. Seus filhos raspavam as panelas. Comiam e iam ver TV. A ela restavam as louças e os uniformes para lavar.

Enquanto os meninos arteiros sapecavam no quarto de brinquedo, ela varria a cozinha e espiava a dispensa. Mentalizava uma lista: arroz, açúcar, óleo, banana, papel higiênico e ovo. O resto parecia que aguentava o mês.

Já cansada, lá pelas tantas da tarde, gritava pelo nome do filho mais velho que batia no mais novo. Era rotina.

Certo dia, quebraram o controle remoto da TV. O pai ficara uma fera. O pai, senhor Terêncio, adorava o controle remoto. Não via canal nenhum. Ficava apenas passando de um em um para mostrar autoridade sobre a TV. Cabia a ele eleger o canal a que todos assistiriam. Normalmente um jogo do Palmeiras ou jornal de notícias. Exigia comida fresca toda noite, pois vinha com fome da fábrica. Dizia detestar a comida da firma.

Era uma senhora de idade, mas não negava tarefa. Toda noite preparava a comida do marido. As crianças gritavam no quarto, corriam pelo corredor, se sujavam no quintal. Ela cozinhava, terminava de passar os uniformes das crianças para a manhã seguinte, varria a frente da casa para limpar as folhas. Era outono. Gritava por ajuda. Chamava o nome de cada um dos filhos. Mas nenhum aparecia. O filho mais velho colocava música de rock no volume máximo. O filho do meio não largava o computador. O caçula chutava bola contra o portão. Barulho por todos os lados. Aquela poluição sonora misturada com um estresse sem fim a deixavam exausta. Maluca rotina.

Certo dia, o marido chegou a casa com uma caixa de papelão no colo. Havia perdido o emprego. Cabia àquela senhora economizar. Pior era aguentar o marido nervoso e mal-humorado. Aguentou firme. Logo ele arrumou uma vaga numa firma de transportes.

Era uma senhora de idade. Cansada pelo cotidiano estressante e repetitivo. Dava conta do recado. Para aguentar o tranco, fazia psicanálise às quintas. Frequentava centros espíritas às segundas e quartas pela noite. Participava das missas aos domingos. Mas já estava nos tarjas pretas. Só dormia depois de uma dose de calmantes. Dos fortes.

Em uma manhã de domingo, no entanto, ela não acordou cedo. Nem tarde. Ali ficou. Dura. Estática e com boca ligeiramente torta à esquerda. Tomou a caixa inteira de comprimidos. Overdose de calmante. Dopou-se. Hibernou num sono profundo. Descansou. Perdeu a missa. Médicos recomendaram repouso absoluto e água para hidratar.

Naquele dia não teve roupa limpa, nem motorista de tantos vai e vens. Não tiveram cozinheira, passadeira, economista, contadora de histórias, separadora de brigas, educadora, nem a mãezinha querida. O marido ficou sem jantar, sem carinho e sem saber o que fazer com aquelas crianças. Levou-as à casa da sogra.

Era uma senhora de idade. Sonhadora. Sonhou muito sob efeito dos tarjas pretas. Naquele domingo sonhou que estava em um campo florido, cabelo solto ao vento, fazendo piquenique, com uma babá com avental branco a cuidar das crianças. Filhos educados e tão meigos. Sonhou estar andando pelos bosques. Ouvia os passarinhos, lia um romance ao pé de uma árvore antiga e tão acolhedora. Seu marido, atlético, grisalho, mas tão jovial, brincava com os meninos e, de vez em quando, vinha lhe dar um beijo e um sorriso amoroso. Sonhou com frutas maduras, dança, Paris, bicicleta, poesias, silêncio, Roma, sombra, água fresca e abraços. Música ao fundo completava o cenário.

Era uma senhora de idade. De rotina maluca. Só voltou a acordar na segunda-feira às seis da manhã. Despertador frenético. Saltou da cama às pressas. Meio assustada ainda e com labirintite. Lavou o rosto, olhou-se no espelho e foi acordar as crianças. Era hora da escola. Correu para preparar o café. Vida que segue.

Nem tudo são flores

Eu também gostaria
Ler mais
Saber outros tantos idiomas
Tirar notas altas
Passar de ano direto
Fazer intercâmbio
Assinar uma revista importante
Arrumar meu quarto
Assistir a um jornal televisivo
Ler artigos interessantes na internet
Viajar
Ser mais culto
Dormir cedo
Fazer academia de forma regular e assistida
Ter uma dieta correta e sem exageros
Ser educado e tolerante, sempre
Nadar 3x por semana
Estudar física quântica
Não falar palavrão
Aprofundar-me em filosofia
Conhecer artes e arquitetura
Poemas e poesias
Música erudita e Tom Jobim

Mas a mim
Com o que me resta além da escola, refeições e trânsito
Não me sobra tempo e ânimo
Está difícil a minha rotina
Eu também gostaria
De um celular novo, aumento na mesada, compreensão e liberdade
Atenção e conversas, mais calma e carinho
Que você pegue menos no meu pé e confie mais
Um pote novo de Whey Protein e ir na balada de sábado
Empresta o carro?

¼ de mim

Diante de ti, rotina absurda
Pouco do que faço é o que desejo
O que majora é obrigação...
O que excede é pânico, trânsito e tarja preta
Vida de adulto e cansaço
Diante de ti, rotina maluca
Parte de mim é o que vem com a idade
Labuta, horário marcado, rugas e lamento
Fios brancos e nostalgia
Responsabilidade e falta de tempo
Diante de ti, rotina carente
Partem de mim as lembranças de infância
Se vão e se perdem na memória envelhecida
Ainda não falha, todavia
Mas que sente saudades e amnésia
Diante de ti, rotina doente
Mas não cega nem muda
Grita por tempo
Clama por tempo
Tão amputado
Me deixa ausente
De quem precisa de mim
Eu mesmo?
Diante de ti, rotina minha
Cai na rotina, sua própria
Em frente e avante
E me leve aonde tiver que ser
Para o que der e vier
Já que só 1/4 de mim é o que quero
Ou menos?

Qual profissão de seu pai?

Certa vez, minha professora perguntou a profissão de meu pai. Respondi que, nas horas vagas, ele era vendedor de alguma coisa que eu não sabia o que era. Sua atividade principal era ator. Ele era um artista dos bons. Não era famoso na televisão, nem nunca o havia visto em revistas de personalidades.

Mas eu sei que ele era um artista.

Ela ficou curiosa e pediu para eu falar alguma de suas obras. Foi fácil. Então comecei: "Meu pai era um super-herói. Forte e protetor. Meu pai atuava como professor. Vestia avental, cara de sério e chamada oral. Fazia cara de conteúdo e me cobrava a tabuada. Meu pai era um cara amigo. Fiel e tão presente. Um presente em forma de gente. Meu pai fazia caras e bocas. Sussurros, histórias para dormir e gritos de gol. Um artista de todos gêneros. Meu pai se vestia de Hitler, Papai Noel e trapalhão. Vestia terno e gravata e usava gel. Meu pai era mestre-cuca, pizzaiolo e apimentado. Meu pai era médico, poeta, polícia e pintor. Pintava o sete e as paredes da garagem. Jogava bola e se sujava feito mecânico. Meu pai era jardineiro. Plantava sonhos e educação. Meu pai tinha brilho, sem maquiagem, sem purpurina. Vinha dos olhos. Vinha de dentro. Um artista completo".

A professora deixou escorrer uma lágrima. Me calei por um segundo e continuei. "Professora, se ele me visse chorar assim, me dava um abraço, um sorriso e contava piadas".

Ela se emocionou. Pediu para continuar. Disse ser uma lágrima de saudade, pois, por acaso, me disse que o pai dela era igualzinho ao meu. Como pode?

Ainda sobre pai

Pai, super-herói de carne e osso
medos e inseguranças
traumas e cicatrizes
além de tantas histórias para contar

Pai, um superprofessor, sem lousa
Ensina sem material, sem manual de instrução
Sem relógio de ponto ou avental

Pai, um superamigo
De confidências e cafunés
De ombros a postos para o que der e vier

Pai, acerta, erra, bonzinho, bravão
Cede, cobra, exige, libera
Faz rir e nas broncas chorar
Mas sempre bem no segundo seguinte

Pai dá presente, limite, abraços e puxões de orelha.
Se der amor em excesso e melhores exemplos, não tem como errar

Pai provedor de alimento e amor
Descasca a manga
Corta as mangas
Se preciso for

Pai que solta pra vida
Chora em silêncio de saudade
Braços abertos sempre

Pai, dá o mundo, entrega pro mundo e colhe....
Tarefa difícil para um menino homem, que era filho também.

Pai, se vivo ou se em estrela
Amado e espelho
Para toda a vida...

"Não hesite
Se precisar, me chame
Estarei aqui
Zeloso e próximo
Sempre
A esperar de prontidão
Sou pai coruja."

Dia das Crianças para Adultos

Parabéns pelo seu dia, pois apesar dos fios brancos, sinais de rugas, carga pesada de responsabilidades, tantas contas a pagar da vida adulta, estresse da rotina, falta de tempo e sono, desafio da educação de filhos, trânsito e calmantes, ainda guarda em si a inocência de criança.

Traz em si (e isso ninguém tira!) as lembranças da infância, às vezes rebelde, outras arteiro. Outras em que a timidez lhe impediu uma dança.

Lembra, como se fosse hoje, as brincadeiras e gincanas, as músicas, os jogos, a pureza dos sentimentos, os primeiros beijos, as roupas descoladas da época, a descoberta da malícia, a ingenuidade perante a vida, o primeiro trago, os tombos de skate, as primeiras pedaladas, a irresponsabilidade de horários, o desapego ao dinheiro, a alienação das notícias televisivas, os primeiros "porres", as broncas e puxões de orelha, as gargalhadas cheias de alegria e sorrisos francos, as guerras de travesseiros, as histórias de avó, os bolinhos de chuva em uma tarde de domingo, a turminha do "fundão", o medo do sexo, a dúvida de sua própria origem e futuro. Lembra, com tanta saudade, das bagunças e noites dormidas na casa dos amigos, das madrugadas em claro e baladas, entre outras tantas travessuras e descobertas que teve em seus tempos de criança.

Parabéns pelo seu dia, adulto-criança, pois sempre o será, mesmo que adulto em alma de criança ou criança em carcaça de adulto.

Parabéns para você. E para mim também.

Permita-se recordar esses momentos.

COISAS DE VELHO

por Geraldo Miguel

Levantei-me cedo
por volta das dez horas,
cheguei à janela do quarto
e espiei o dia. Na verdade, o céu.
Cinza, um pouco manchado de azul
com recheio de nuvens.
Achei bonito.

Fiz careta, cocei a cabeça,
a bunda, bocejei,
e pensei: mais um dia. Obrigado, Senhor!
Gritei pra minha mulher
que me chamava pro café costumeiro
que eu estava com enxaqueca
e joelho em pandarecos;
com dificuldade,
desci de pijama vinte e dois
degraus da escada.

Na cozinha,
beijei a testa da minha companheira
há 45 anos,
comentei que o dia prometia
muito calor e talvez chovesse,
que eu teria de ir ao banco verificar
se o INSS havia depositado
a metade do 13º.

Fui ao banco,
cumprimentei o guarda.
arrumei encrenca com o caixa
que atendia uma jovem
que trazia ao colo uma menina
de uns três anos,
só para – cara de pau! –
ser atendida como preferencial,
xinguei meio mundo.

Pra proteger minha fragilidade,
saí do banco manquitolando,
e me reforcei acenando, de novo,
pro mesmo guarda,
que, fingido, deu tiauzinho e sorriu.
Pisei a rua triunfante...

Na rua fétida,
cheia de mal-educados
e gente feia,
apanhei um sem número de dores,
xinguei todo mundo de novo,
esbarrei na fumaça de nós cegos
que sujam o ar e a saúde das pessoas
e lembrei
que me esqueci de pagar
contas vencidas.

Cheguei em casa péssimo,
creditando ao mundo
total perdição de valores,
respeito e dignidade.
Briguei com minha mulher
que insiste
em dizer que o errado
sou eu,
que arrumo encrenca com todo mundo,
que tenho um gênio desgraçado
e que só ela tem saco
pra me aguentar...

Fui pro computador e,
de pirraça,
escrevi esse troço aí
– coisas de velho...

LAXAPERTACENDECURTESENTERABISQU
OECRIEPINTEOSETEDESENHEOQUESAIU

Seu DESENHO...

Combine com seus amigos e tirem fotos dos desenhos.

Postem no Instagram @brisafilosofica com a hashtag #BRISAdesenholivre.

Caprichem!

INSTA & O AMOR VERDADEIRO

Faça um vídeo de no máximo 6 segundos dizendo EU TE AMO para alguém muito especial. Pode ser para um amigo distante ou perto, filho, namorado, marido, esposa, paquera, professor, parente, cachorro ou pet predileto. Pode ser para qualquer pessoa que você AME de verdade, mas até hoje não expressou tal sentimento. Ou se já o fez antes, tem a chance de enfatizar agora.

Liberte seu carinho de forma singela, honesta e profunda.

E daí? Tem vergonha de quê? Diga EU TE AMO do fundo do seu coração e não desperdice essa chance. Dizer EU TE AMO é um gesto nobre e exige leveza de alma e sinceridade. Faça valer a pena a sua homenagem.

Poste este vídeo no seu Instagram e não deixe de marcar: @brisafilosofica #BRISAeuteamo.

Que tal quebrar a rotina?

Proponho uma brisa, um relax, mente aberta e um filme. Divirta-se!

Brisa e Sétima Arte

Parada estratégica para um filme

Sugestão para o momento:

- O Mundo de Andy
- Uma Lição de Amor (I Am Sam)
- Brilho Eterno de uma Mente sem Lembranças
- Antes Só do que Mal Acompanhado
- Curtindo a Vida Adoidado
- Um Morto Muito Louco
- As Branquelas
- Cruzeiro das Loucas
- Feitiço do Tempo
- Mulheres à Beira de um Ataque de Nervos
- Vamos Nessa
- Segurando as Pontas (The Pinapple Express)
- Quarta B
- Família do Bagulho

Gostou?

Por que não deixa sua indicação de filme no www.brisafilosofica.com.br?

Amo em demasia, e tanto...

Por amar demais, me preocupo demais.
Adoro demais.
Fico chato demais.
Exijo demais.
Protejo demais.
Vigio demais.
Oriento demais.
Encho o saco demais.
Fico atento demais.
Mimo demais.
Brigo demais.
Choro demais.
Abraço demais.
Aperto demais.
Sofro demais.
Estimo demais.
Tenho orgulho demais.
Quero perto demais.
Sempre e demais.
Me perdoe demais.
Se por demais errei.
Foi por amar demais, me preocupar demais.
Eu te amo... e tanto...

Porque pai é pai

Desde criança quando a mão dele me tocava, eu sentia uma segurança mística. Um conforto sagrado. Toda vez que sua mão tocava em mim, eu sabia que era ele. Naquela noite, ele estava muito emocionado. Afinal de contas, muitos anos de dedicação ao meu zelo, à minha educação e formação. Era a minha noite de formatura. Ele me tocou com suas mãos e me abraçou. Deixei cair o canudo e o abracei: "obrigado pai, você é o meu herói!"

É a vida.

Desde criança quando a mão dele me tocava, eu sentia uma segurança mística. Um conforto sagrado. Toda vez que sua mão tocava em mim, eu sabia que era ele. Naquela noite, ele estava muito emocionado. Afinal de contas, muitos anos de dedicação ao meu zelo, à minha educação e formação. Era a minha noite de overdose. Ele me tocou com suas mãos e me abraçou. Deixei cair o cachimbo e o abracei: "obrigado pai, você é o meu herói!"

É a morte.

Carta de um sóbrio

se eu pudesse,
abriria seus olhos
curaria sua cegueira
afastaria a carga negativa
que a noite e o álcool atraem a você
se eu pudesse,
não permitiria copo ou escuridão
não deixaria a primeira gota nem gole
não aceitaria sua entrega, sem luta
não soltaria sua mão, se tenso
se eu pudesse,
abriria logo o jogo em sinal de amor
falaria na sua cara sem medo
que merda é essa que está fazendo?
levante que ainda dá tempo
se eu pudesse,
te traria de volta
te daria um bofete
ou um abraço, talvez
seguraria sua mão, se trêmula
se eu pudesse,
te mostraria outros caminhos
te puxaria pra cima
enquanto o veneno que te agrada e cega
só te leva pra baixo
feito areia movediça
não vê?
então fico aqui
amordaçado em silêncio
tão ensurdecedor e triste
impotente?
com meus vícios, defeitos e dono de minha verdade
mas pelo menos enxergo e choro em poesia
é o que restou para esta noite
pensar em você e mandar essa mensagem
Ah! se eu pudesse,
te ligaria
porque meu amor é maior que meu silêncio
mas você sequer me ouviria
se você puder... reflita
A.A. (Amigo Anônimo)

Que tal quebrar a rotina com uma música?

PAUSE. RELAXE. PLAY. ENJOY THE BREEZE.

Proponho um relax, mente aberta e música de pano de fundo para curtir sua brisa de hoje.

♫

BRISA MUSICAL

Parada estratégica para um SOM

Sugestões para o momento:

- O último pôr do sol – Lenine (acústico)
- Maybe – Janis Joplin
- Shine on you crazy Diamond – Pink Floyd
- From now on – Supertramp
- Tecnicolor – Mutantes
- Sugar (feat. Francesco Yates) – Robin Schulz
- Qualquer coisa – Arnaldo Antunes
- Êxtase – Guilherme Arantes
- As sete vampiras – Leo Jaime
- Pra poucos – Planta e Raiz
- Passarinhos – Emicida
- Mantra – Nando Reis
- Caia na risada – Mariana Aydar
- Ser humano - Zeca Pagodinho

Gostou?

Por que não deixa sua indicação de música no www.brisafilosofica.com.br para o BRISA FILOSÓFICA, Volume II?

Sem sorte e sem graça

Ele é ridículo de tão feio
Parece uma caricatura
Um rascunho de nem sei o quê
Homem elefante, de David Lynch?
Olhos tipo esbugalhados, com piscar lento.
Sonolento
Vermelhos, mas não emaconhados
Seria até justo se o fossem
De lábio leporino e sorriso torto
Ligeiramente repuxado para a esquerda
Nariz de batata-doce
Cicatriz de infância encoberta pela sobrancelha
Em parte
Pois um tanto sobe à testa até os primeiros fios
Queixo pontudo e espinhento
Bigodinho malfeito, tipo adolescente motoboy.
Franzino, de pernas tortas e calos
Feio, de tão ridículo.
Corcunda feito Serra do Mar
E do mar só lhe restou o sal
E o hálito de peixe morto
Sem sorte, sem norte, sem graça, sem poesia
Ridículo, de tão feio
Pobre ser de rugas na face e eunuco
De sorte mesmo, só a morte o seria
Mas esta, lenta e silenciosa
Fugia dele
Portanto segue feio, ridículo e sem graça
E andar manco pelas ruas vazias...

Leve feito o peso do seu olhar

Era gorda
Sim, muito gorda
Gorducha
Não era excesso de gostosura

Sedentária
de joelhos debilitados
Suada e de peido fedido
Peito caído
E olheiras

Dizem que nasceu assim
Cresceu assim
Ficou jovem assim
E hoje, já mulher, continua assim

Olha lá como ela é gorda
É sim, muito gorda
E daí?
Passe um dia na pele dela
Viva um dia sobre seus sapatos
Sinta você, ainda que por um dia, os complexos, depressão e rejeição que esta gorda sente
Solitária em sua inquietação
e triste,
espelho não nos nega
Gorda e invisível?

Mas, se gorda
Sentimento gordo
Coração gordo

Amizade gorda
Inteligência gorda
Amor gordo
Sensibilidade gorda
Tem carinho gordo para dar

A gorda sente, senta e chora
Não queria ser gorda
Se deprime
Mas levanta a cabeça e força o joelho
Engole o preconceito ultrapassado de olhares desgraçados
E magros de educação

Respira, um tanto ofegante
Conta até 3 e segue firme, e gorda

Joias raras

Eram superamigas. Ana e Letícia.

À época eram unha e carne. Hoje seriam BFF (best friends forever), usando gírias mais modernas.

Eram amigas e confidentes. Sabiam tudo uma da vida da outra. Conheciam os parentes, amigos, vizinhos, colegas de classe e do inglês. E da escola de inglês surgiu a paixão de Ana, Carlos Henrique. Namoraram por anos. Apaixonaram-se.

Carlos era irmão de João, casado com Ester, que, por consequência, passou a ser a concunhada de Ana.

Ester era metida, daquelas meninas esnobes, de vocabulário pequeno e da moda. Ester era assim, uma nojentinha mesmo. Chamavam-na de Teté.

Não se bicavam Ana e Ester, mas se suportavam, ainda que Ana tivesse que se policiar para não enforcar a concunhada.

Carlos e João eram filhos de dona Laura. Uma senhora brega. Vestia-se feito perua. Era dona da razão, do controle remoto da televisão e dos mimos mais melosos e insuportáveis já vistos por Ana.

Dona Laura era uma sogra à antiga. Gostava de disputar o filho. O amor do filho, a convivência com o filho. Gostava de cozinhar sempre as comidas prediletas dos filhos para receber os elogios e paparicações. Sogra chata. Daquelas insuportavelmente chatas.

Não sei se a brisinha aí afetou a sua concentração. Vamos resgatar um pouquinho.

Letícia é amiga (super) de Ana, que se casou com Carlos, que é irmão de João. Ambos, filhos de dona Laura. Ah, e João é casado com Ester, a Teté, a cocô-cunhada de Ana.

Ana casou-se com Carlos. Um casamento chique, tipo celebridades, já que dona Laura, a sogra, assim fez questão que fosse o casamento do filhinho.

Para ficar à altura da cerimônia, Ana comprou joias. As mais preciosas possíveis. Lindas e cheias de diamantes.

No casamento, parte que chamava atenção era a noiva. Outra parte, as joias, tão brilhantes e reluzentes, assim como os olhos da tão apaixonada e apaixonante Ana.

Joias raras, as de diamante e a Ana.

Todos os convidados compareceram. Teciam comentários, dos mais sinceros elogios às mais levianas alfinetadas. Coisas de casamento. Falsidades de casamento. Fofocas de casamento.

Alguns falam bem, outros deixam a saliva transformar-se em veneno invejoso.

No entanto, não houve sequer uma mulher que não lançasse o olhar cheio de cobiça àquelas tão desejáveis joias.

Até Letícia, sem a menor intenção invejosa, manifestou a Ana terem sido aquelas as joias mais lindas por ela já visto.

Casamento lindo, animado, refinado, mas nem tanto abençoado.

Após a festa os noivos curtiram a primeira noite do matrimônio no motel mais bacana da cidade, levantaram cedo e viajaram rumo à lua de mel.

No regresso, Ana deu-se conta do sumiço das joias. Não lembrava ao certo onde as teria deixado. Na festa? Talvez, pois havia saído um tanto embriagada. Deixou cair no carro? Pode ser. Teria esquecido no motel? Ou teriam sido roubadas?

Chamaram a polícia, mas não encontraram pistas ou vestígios das joias.

Ana caiu em depressão. Alguns achavam ser depressão pós-casamento. Mas Ana vivia bem com Carlos. A dor que Ana carregava era a dor da ausência, da solidão. Não do marido, pois este sempre ficava ao seu lado. Feito irmão siamês. A tristeza era pela falta das joias. Indignação por aquele sumiço tão mal explicado.

Letícia tentou consolá-la por várias vezes, mas acabaram se afastando com o passar do tempo.

Ana mudou-se para o interior. A vida seguiu.

Letícia encontrou Ana alguns anos mais tarde, quando foi visitá-la no presídio.

As duas ainda guardavam os mesmos traços da adolescência. O mesmo carinho e reciprocidade. Abraçaram-se fortemente e a saudade mostrou-se em lágrimas.

Letícia ficou surpresa ao saber da separação de Ana e da situação dela. Pediu que contasse o que havia acontecido.

— Você se lembra das joias do meu casamento, né?

— Claro. Não me diga que as encontrou? E o que elas têm a ver com esta prisão?

— Em certo domingo de inverno fomos a um jantar de família na casa da mãe do Carlos, dona Laura. Era o aniversário da cachorrinha Lilica. Muitos familiares juntos. Muito barulho, muita fofocaiada, muitos sussurros e inveja. Cobiça, gula e ostentação. Desnecessário, né? Mas eu tive que ir. Ao entrar na casa, dei de cara com aquela cocô-cunhada lambisgoia da Teté.

— Não me digaaaa... Foi ela?

— Não, não, não... mas peguei asco dela também... Fui até a sala de estar para um chá e você não vai acreditar quem estava lá.

— Meu Deus conta, conta. Quem estava com suas joias?

— Aquela tia do Carlos, a dona Matilde. Sabe aquela viúva que suspeitaram ter sido a mandante da morte do próprio marido? Pois é. Ela está solta e eu aqui presa!

— Nossa, foi ela... só podia! Assassina e ladra!

— Não, Letícia. Não foi ela, mas com certeza ela é cúmplice. Ela estava lá com aquela cara de serial killer a servir os chás aos convidados.

— Não consigo nem piscar! Continue!

— Eu vi, Lê. Estavam lá! Eu as achei! Eu vi com meus próprios olhos. Estavam ali reluzentes e vivas! As minhas joias! As minhas maravilhosas joias. Fui ao encontro, certeira! Quase desmaiei ao tentar me aproximar da dona Laura.

— Não acredito que foi a bruxa da sua sogra! Aquela perua!

— Eeeeexxxx-sogra! Ela estava ali desfilando com as minhas joias, estava ali ostentando as minhas joias.

— Não acredito! Que ladra! Usando suas joias na cara de pau!

— Ela não, mas a Lilica! Desmaiei de súbito e, ao acordar, agarrei no pescoço da dona Laura e tentei enforcá-la. Eu queria ter furado os olhos dela com a ponta dos diamantes do meu colar. Mas a Lilica não parava de latir feito louca e cheia de razão. Quando ela estava quase sem ar, a Lilica me mordeu. Desmaiei outra vez. Quando recuperei forças, fui presa por tentativa de homicídio.

— Ana, não estou acreditando...

— Nem eu. Mas meus advogados creem que serei julgada inocente. Coisas de família. Sairei dessa!

— Pegou suas joias de volta pelo menos?

— Não. A Lilica não me deixou nem chegar perto. Quando alguém se aproxima, ela abre a boca, mostra os dentes e rosna feito louca. Feito dona Laura. Era ela?

Principezinho da dona Lurcinda

Como gosto de Minas Gerais, sô.

Pãozim de queijim pela manhã, geleia doce e história. Eita povo rico em histórias e calorias.

Passei por lá, pelas Minas Gerais, para conhecer as belas e preservadas ruelas de Tiradentes. Mas foi em São João Del Rei que ouvi uma história incrível. Ri muito.

Lembro-me bem da cena.

Uma senhora me parou na rua subitamente e começou a falar. De forma carente e tão sentida. Esbarrou em mim e desembuchou feito vitrola de museu. Sua narração ganhou tom de poesia. Melancólica e depressiva, talvez. Mas era, desesperadamente, engraçada e o desfecho deste conto há de garantir isso.

Me contorci, eu confesso. Fui um ator invejável. Enrusti a minha mais deliciosa risada. Seria uma catástrofe se eu esboçasse um sorriso. Aquela senhora não resistiria e cairia dura à minha frente.

Pobre dona Lurcinda. Sim, meu caro leitor, esse era o nome da infeliz que me narrava o acontecido com seu filhinho.

Seu choro era sentido, doído. Real. Choro de mãe, uai. Dava dó. Mas por dentro eu ainda ria incontrolável, face ao tão hilário ocorrido.

Dizia-me a tal senhora que seu filhinho querido, um homem de 56 anos, estava se separando. Um divórcio súbito, pegando-o de surpresa. "Entregou-se aos tarjas pretas", lamentava.

Ainda aos soluços, dona Lurcinda me contou que havia sido uma segunda mãe para a ex-nora, dedicando-se como se fosse uma melhor amiga, servindo-lhe como uma serva, prestando-lhe a melhor atenção, zelo e insuportável mimo. "Minha nora era como uma filha pra mim...".

Ela, a nossa tristonha dona Lurcinda, vinha de família tradicional mineira, casada com um desembargador aposentado de carreira irretocável. Família conservadora. Alta sociedade. Formavam um casal diplomático, de costumes religiosos e um viés militar. Zelavam pela autoridade do homem, provedor, soberbo e respeitável.

Para dona Lurcinda, um divórcio na família era uma atrocidade. Era assistir aos mais nobres valores caírem na desgraça.

Como a ex-nora podia fazer isso com seu filhinho? Como desfazer uma família?

Avançava ela como se fôssemos íntimos ou se estivesse em um divã vendo-me acender meu cachimbo freudiano.

Ainda a gaguejar, dizia-me que sua ex-nora faltava ao trabalho assiduamente para dedicar-se a uma manutenção em sua residência. Era um projeto de família. Para aumentar a família. Procriar. Precisavam ampliar os cômodos.

Seu marido, o tal filhinho, na posição de homem da casa, seguia assiduamente entregue à labuta. Saía cedo após um café amargo e somente retornava ao seu caloroso lar após a última novela das oito.

Imagina ter filhos e dar netos à sua tão protetora mãezinha. Imaginava ela mimando seus filhos, assim como o criou. Mimos e chocolates. Portanto, a casa precisava de mais cômodos. Quarto da bagunça, sala do videogame e ar-condicionado.

Delegou à esposa a dura tarefa de administrar a obra. Ela ausentava-se de tudo e todos para poder acompanhar a obra. Enchia-se de pó. Ficava exausta, abatida até. Ao cabo do dia, antes até do fim da novela, ela já estava esticada na cama. Cansada da missão de administrar a manutenção. Eita trabalho pesado.

À noite, nas horas das trocas de carinho conjugal, ela queixava-se de dor de cabeça. Virava-se e dormia feito anjo. Feito pedra, melhor dizer. Ele, antes de cair no sono, ainda acariciava os longos cabelos de sua amada e enchia-se de orgulho por ela estar conduzindo a construção com tanto afinco.

Em certo dia, o querido filhinho decidiu fazer uma surpresa à amada. "Ele era tão romântico...", enfatizava dona Lurcinda.

Chegou a casa mais cedo, sem avisar. Rosas nas mãos. Coração palpitante e brilho nos pés. Não veio ver o andamento da obra, mas sim a dedicação da amada.

Entrou nas pontas dos pés pela porta da frente. Ficou contente pelo silêncio que ali estava, pois era sinal de que a obra já estava em seu final. Não havia aquele som ensurdecedor de máquinas, marteladas e rádio na estação sertaneja. Foi adentrando-se vagarosamente. Ouvia vozes, risos e um cheiro de cigarro.

Neste ponto da história, dona Lurcinda desabou. Soluçava e mal conseguia seguir com 'a obra'.

A tragédia foi certeira.

Aquele sujeito que vinha todo dia rebocar a parede já não vestia avental de pedreiro. Sem camisa e deitado no sofá da sala, com cigarro no canto da boca, recebia beijos e chupadas da suposta patroa. Pois é. A mulher do filhinho da dona Lurcinda deliciava-se com o martelo ereto do pedreiro. Flagrante inenarrável.

Ao chegar aí, dona Lurcinda recorreu ao lenço, envergonhada. Mal podia continuar. Mas fiz cara de consternação. Levantei minha sobrancelha e ordenei. "Força senhora. Força!" Desembucha sua velha, quero saber o resto, pensava maldosamente meu mais íntimo diabinho.Eu precisava ouvir o resto daquela história.

Já não havia retorno. O filhinho da dona Lurcinda tornava-se o principezinho corno deste drama. A ex-nora, piranha.

Declararam guerra à puritana mulher, que aos poucos confessou que o pedreiro, vulgo Ricardo, realizou muitas de suas fantasias. Enchia a boca para reproduzir sobre suas tardes com aquele homem de pernas torneadas, peito forte e peludo. Barriga de tanquinho e pênis incansável.

Ricardo era calvo. Faltava-lhe vocabulário e cabelo. Tinha mãos grossas feito lixa após anos dedicados à arte de construir. Tinha tatuagens espalhadas pelo seu corpo troncudo que lhe preservavam um tracejo juvenil e descompromissado. Era um tipo charmoso, dotado de voz rouca e outros dotes. Mas era melhor calado. Era burro feito prego. As mulheres mais fantasiosas da cidade o chamavam de Ricardão. Moreno forte, barba rala e cara de bravo.

Todos esses atributos não lhe tiravam o rótulo. Era pedreiro. Burro, e pedreiro. Pobre, e pedreiro. Ricardão, e pedreiro.

Dona Lurcinda alterava o tom da voz e não escondia seu preconceito pela classe. Aos soluços soltava o veneno: "Traiu meu filho com um pedreiro. Nem mestre de obra ele é...", desqualificando o cidadão.

Para acalmar a doce senhora, segurei seu antebraço e a interrompi. Procurei fazer qualquer comentário só para aliviar a raiva que salivava pela boca daquela amargurada diplomata.

"Mas seu filho deve ser um homem atraente, por sua vez, logo terá outra companheira que o mereça. Ele deve ser atlético também, imagino", falei em tom professoral.

Sem relutar dona Lurcinda retrucou. "sim, ele sempre praticou esportes. Muito esbelto, másculo. Quando menino fez aulas de tênis de mesa e foi campeão de damas no colégio...".

Bem, damas não é lá um esporte esculpidor de músculos, e a fase do colégio já devia ter ficado para trás há pelo menos 40 anos. Ausentei meus inapropriados pensamentos.

Dona Lurcinda não hesitou e disparou os piores adjetivos à ex-nora. Atribuiu toda culpa a ela pelo adultério. Isentou seu filhinho de qualquer responsabilidade. "Ele era um amor, tão carinhoso, um homem de família, estudado nas melhores escolas... e esse outro aí, que nem mestre de obras é... que vexame para minha família... ".

Para folga aos meus ouvidos, ela de repente calou-se. Sacou o celular da bolsa. Segurou as lágrimas para atender seu filho. Era ele, o queridinho da mamãe. O corninho da história.

Falava com ele como uma avó fala com seu primeiro neto. Mudou a voz, fez caretas e o chamava a todo o momento de 'meu principezinho'.

Ao desligar a chamada, me disse que ele, o príncipe, estava vindo ao nosso encontro. Mas não aliviou e voltou a alfinetar a adúltera ex-nora. "Aquela infeliz tinha tudo com meu filho, casa, comida, roupa lavada... tinha tudo que uma mulher espera de um homem... meu filho era um exemplo... dava tudo que ela pedia...".

Não poupou meus ouvidos e seguia crucificando sua ex-nora. "Ela merece mesmo um pedreiro daqueles... que nem mestre de obra é... Por que ela fez isso?".

De repente vejo seu filhinho chegando a passos lentos. Pareceu-me manco. Andava com as pernas semiabertas. Será que, além de tudo, havia pegado uma indesejável assadura?

Logo chegou. Era um homem de estatura baixa. Moderadamente baixa. Demasiadamente baixa. Tão baixa que quando olhei para ele vindo, achei que ainda estava bem longe, pois pareceu tão pequeno às vistas.

Pele enrugada, voz fina e afeminada. Muito educado e de modos polidos, logo se apresentou. De forma leve e com mão lisa sacudiu as minhas mãos com aperto frouxo.

Confesso que não conheci pessoalmente o tal Ricardão, mas pude criar uma imagem do cidadão mediante características narradas pela dona Lurcinda, ainda que o rebaixando a um rato de obras.

O principezinho da dona Lurcinda em nada me remetia à imagem que criei do pedreiro. Pareceu tão frágil, de pele branquinha e sem pelo. Dentição superior acentuadamente saliente, feito a Mônica das histórias em quadrinhos. Cabelos já grisalhos. Perna esquerda ligeiramente mais comprida e que lhe dava um traquejo manco. Não era assadura, deduzi.

O ápice veio quando abaixei meu olhar. Medi o principezinho com meus olhos. Dos pés, tamanho 34, à cabeça. Nesse momento, aquele sarcasmo que já ria dentro de mim, explodiu em gargalhada. Incontrolável.

Ele se parecia com o sino da igreja da frente. Parecia uma pera em tamanho gigante. Sua camiseta polo vinha apenas até a parte do umbigo. Abaixo disso, uma camada da barriga dava o ar da graça. Ou da desgraça. Nessa hora tive um colapso mental. Desesperava-me com uma vontade louca de gargalhar. Vinha à mente a imagem do Ricardão e defronte a mim aquele ser pequeno e gordo. Demasiadamente gordo. Mal educadamente gordo.

Ao fundo de tantos pensamentos e desconcentração de minha parte, ainda ouvia dona Lurcinda expressar outros tantos palavrões com endereço certeiro. "Aquela mal-agradecida foi ficar com aquela criatura, pedreiro! Nem mestre de obra aquele moço lá é... traiu meu filhinho lindo... ele não merecia... ele dava tudo para ela, fazia tudo para ela...".

Não me contive e comecei a rir. Gargalhei. Por alguns minutos seguidos. Saí rindo e deixei aquela velha louca a mimar o seu principezinho gordo. Pedi desculpas e saí. Caminhei limpando minhas lágrimas de tanto que ri. Acenei para a dona Lurcinda. Que cega! Mães, todas iguais.

Tudo se encaixava perfeitamente na minha cabeça. A ex-nora só precisava de atenção. De homem. Culto ou não. Coito, sim!

De vilã adúltera, passei a admirá-la. De pedreiro vilão, passei a torcer pela sua ascensão profissional. Espero um dia vê-lo como mestre de obras por aí.

Forró pé de serra

Certa vez, naquelas noitadas gostosas da vida, levei minha esposa para dançar forró no Estaleiro de Ilhabela. Lugar jovial, descolado e dançante.

Ao fundo, a banda Trio Luar nos presenteava com aquela batida bem genuína dos sertões secos e pobres do Nordeste que ainda achavam alegria nas rodas de música.

Dois pra cá e dois pra lá, eu ia leve e alegre pela magia verde que me fazia o melhor pé de valsa forrozento daquela noite. Arrasta-pé dos bons.

Minha parceira, Maria Bonita, deslizava naquele salão apertado pelo calor humano de gente feliz e livre. Parecia uma menina sapeca, solta e nostálgica.

Nos beijamos, trocamos olhares infinitos, nos tocamos com carinho, cumplicidade e muito respeito. Bom, nem tanto, porque o suor que exalava de nossos corpos nos provocava tesão e desejo. "Transaríamos muito naquela noite", eu já fantasiava na minha mente perversa.

Tínhamos atração e admiração recíprocas. Estávamos ali feito adolescentes, daqueles tarados e sem hora.

Fizemos inveja a muitos casais e outros jovens que ali fotografavam as garrafas de vodka para postar nas redes sociais. Fizemos bonito, porque, enquanto dançávamos e nos acariciávamos, outros tantos casais em silêncio dispersavam-se aos celulares. "Que estranha esta geração", pensei eu.

Eu ali carregado de testosterona. Interessado pelo mundo, pelo corpo humano, por poesia e música de qualidade. Me senti feito pop star do forró, feito aqueles jovens rebeldes e charmosos. Popular! Honesto, mas malicioso.

Me senti feito moleque arteiro adolescente a bailar com a mais top daquela balada praiana. Era um esfrega gostoso. A libido pulsante.

Na pausa da banda e a brisa dando lugar à larica, voltamos a ter 74 anos. As costas davam pontadas e o escuro da madrugada exigia os óculos. Mãos trêmulas de frio da velhice. Bateu fome. Era hora do remédio da pressão.

— Aonde quer ir, minha menina bonita?

— Quero um ceviche delicioso do Me Gusta para me preparar para você, meu Lampião. Vamos comer bem...

— Que bom. Minha dieta agradece.

Chegando ao chalé, embalados pelo sono dos antidepressivos, transamos. Pelo que me lembre, transamos bastante. Eu acho.

#BRISArespeitoaosmaisvelhos

Que tal quebrar a rotina?

Proponho uma brisa, um relax, mente aberta e um filme. Divirta-se!

Brisa e Sétima Arte

Parada estratégica para um filme musical

Sugestão para o momento:

- Across The Universe
- Pink Floyd, The Wall
- Hair
- Amor Sublime Amor
- Ray
- The Commitments
- O Fantasma da Ópera
- Quase Famosos

Gostou?

Por que não deixa sua indicação de filme no www.brisafilosofica.com.br?

Descanse em Paz

A morte que conforta
Não existe
A morte não acalma
Mas machuca e faz chorar

A morte que alivia
Não conheço
Não a experimentei
Para mim é amarga e sem sal

Dor da morte não passa
Vira lembrança
Vira tristeza
Mas não deixa de ser dor

Dá vazio e cala a alma
Que grita em silêncio
Depressivo e arrematador
Desespero e medo

Se a morte une
Deve ser os cacos e lágrimas
Remorosos e perdões
Vácuos corações

Testemunhei seu sofrimento
Sua luta para manter o riso
Sua paciência para aguentar a revolta
Seus gemidos nas madrugadas inquietas

Pele pálida e sem pelo

Olhos vermelhos sem brisa nem poesia
Boca seca e solidão
Clamam a Deus

Órgãos pedem falência
Pedem socorro
Pedem conforto para quem fica

Fico eu
E minha insônia poética
A escrever por ti
Pois sua morte, a mim não conforta
Me mata de saudades
E dúvidas
Por quê? Por quê?

Foi-se o tempo...

Me desculpa, vai
Sei que errei
Mas agora estou limpo
Dessa vez é pra valer
Acredite

Me desculpe as rugas e rusgas
Arrependo-me, e tanto, de ter falado besteiras
O grito abstêmio
Nao vou repeti-lo
Me perdoa, por favor

Me desculpe o silêncio
Ensurdecedor à alma
Sei que exagerei e sumi
Orgulho besta e vergonha
Pra quê?
Tempo perdido e mentiras

Me desculpa, cacete
Fale comigo
Esboce algum sinal
Sorria
Ainda dá tempo
Estou aqui de joelhos

Me desculpe os cabelos brancos
E medos
As madrugadas de pé
Com fé
A me esperar na sala fria e vazia

Me desculpe o tédio
O atraso e descompasso
O homicídio da razão
Mas ainda dá tempo?

Por que não se mexe
Não abre os olhos
Não solta minha mão
Ou um simples sorriso?

Sua mão fria refresca o calor de hoje
Levante daí
Me desculpe agora! Perdoa porra!
Estou limpo
Ainda é tempo, será?
Tarde demais...

Nunca é tarde se alma vale a pena

Se a vida já te pôs tão distante, que vazio
Se o tempo já não te permite brinquedo, que pena
Se teus valores não se compartilham à mesa, que estranho
Se teus hábitos não dão rima ou prosa, que medo

Se o sangue é o mesmo que ferve, zelo
Se já te tiraram o riso ingênuo da face, tédio
Se tua canção já não é poesia, grita
Se o cigarro já perdeu o encanto, joga fora
Liberta-te

Se o lado escuro te cega a alma, vem para luz
Se a morfina que te alivia é o álcool, troca por fé
Se os tropeços e perdas dançam embriagados à tua volta, ora a Deus
Se te afastas Dele e te afundas, reveja o caminho

Se te olhas no espelho e não vês, estás blindado
Se estás cego de amor e de Cristo, estás doente
Se te acha invulnerável ainda, estás cego de ti próprio
Respira, abre os olhos e mente

Eu te enxergo de longe, apenas
Te vejo ingênuo e só, que medo
Afogado em sonho de menino
Entre tragos e goles

Sem cabeça ou pé no chão
De copo posto à mão e alterado
Artista insensato, explosivo
Dinamite de emoções
Precisas de um norte e leme

Primeiro passo é eliminares o gole
O veneno que vicia
E devora lentamente
E em definitivo, ou quase

Te falo em códigos porque te amo e temo
Escrevo à revelia e fuga
Já que não me permites entrar
Não tenho chance de ajudar
Aqui, do lado de fora e no frio
Aflora meu amor e impotência
E só me resta a poesia para chegar a ti

Por que não trocas a cegueira pela luz?
Sem ressaca ou gosto de guarda-chuva
Sem perder os sentidos nem tremedeira
Sem descontrole ou melancolia
Sem quebra-quebra ou sarjeta
Já que desta brisa que te ofereço só haveria risos e paz

Se eu pudesse, te resgataria
Mas sequer sei onde te encontrar esta tarde
Se eu pudesse, iria ao teu encontro
Daria minha mão e ombro
Para teu descanso e bênção
Na noite que se aproxima

Volta logo, que ainda te espero
Ainda te esperamos!
Cada qual com seu medo e inquietação
Mas com um amor infinito e incondicional
Volta para tua família, e logo
Ainda é tempo!

Ai que desespero!

O Tempo, desesperadamente, corre
Corre desesperado, feito louco!
Ai que desespero que dá...
Mas, ele corre...
De olhos vermelhos, ofegante e boca seca
Dobra o corpo, em joelho
Ergue a cabeça aos céus
Em desespero, o tempo pede, implora, suplica aos céus
Quer não mais andar depressa, nesse desespero todo
Mas, ainda assim, ele corre, voa, se desespera
O Tempo não pode perder tempo
Por isso não espera e segue
Triste se vai, voando, feito louco
Louco e triste
E desesperado...
De olhos lacrimejantes, ainda vermelhos
O Tempo deixa escapar desesperada lágrima da solidão
Que escorre na face enrugada pelo tempo, do próprio
Parte o coração do Tempo, já que não tem tempo nem para ele mesmo
Ele, o Tempo, também não queria que fosse assim
Por isso chora, mas não para
Dispara
Corre pelas mãos e pelos
E a nós deixa rugas, cabelos brancos e memórias
já falhas pelo tempo
Oh, Tempo!
Melhor de todos os remédios
Segue carente, mas não careta
Ri e chora, soluça e cai, em desespero
Pois desesperadamente voa...

Você já viu o Tempo?
Certa vez ele olhou para mim
Sussurou às pressas ao pé de meu ouvido:
"Sem desespero aproveite o Tempo
Viva a vida e o agora,
Pois o tempo é esse

Sou eu
Vou indo e não volto atrás
E posso não ser para sempre
Posso lhe faltar um dia
Mas ainda dá tempo... "

Seguiu em voo desesperado
Ai que desespero que dá...

Que tal quebrar a rotina com uma música?

PAUSE. RELAXE. PLAY. ENJOY THE BREEZE.

Proponho um relax, mente aberta e música de pano de fundo para curtir sua brisa de hoje.

BRISA MUSICAL

Parada estratégica para um SOM

Sugestões para o momento:

- Cachimbo da paz – Gabriel, o Pensador
- Quatro vezes você – Capital Inicial
- Mantenha o respeito – Marcelo D2
- A culpa é de quem? – Planet Hemp
- Coming in from the cold – Bob Marley
- Súplica – João Nogueira & Paulo César Pinheiro
- De janeiro a janeiro – Nando Reis
- Telefone Mudo - Michel Teló
- Maria Bonita – Zé Geraldo
- Você me faz tão bem – Detonautas
- Sossego – Seu Jorge
- Deixa - Sambô
- Jacarepaguá blues – Alceu Valença

Gostou?

Por que não deixa sua indicação de música no www.brisafilosofica.com.br para o BRISA FILOSÓFICA, Volume II?

Ai se ela voltar

Que a sobriedade e sensatez não me sejam postas à prova
Se meu Amor regressar
Pois serei capaz de tropeçar, não nego!
Cair nas graças da paixão, outra vez

Precisarei de colírio
Para remediar a cegueira
Pois saudade dela é tanta
E tanto a quero
Que muda, ensurdece e treme
Mas fala
Grita com o olhar
Cego?

Se meu Amor regressar
Coração em festa vai ficar, não nego!
Embriagado e feliz, outra vez
Quebrarei o protocolo da sanidade, de novo?
Hei de ficar irresponsável, ainda que consciente irresponsável!
Bêbado e guarda baixa

Em minhas veias se propaga um viés de loucura
Misturado às células do amor
Este sim tão sincero e bonito
Ingênuo? Insano? Inquieto? Insensato?

Do lado de cá, braços abertos e peito de travesseiro
Mãos a postos a te esperar para um carinho honesto
Quem é que sujeita seu amor à censura?
Liberte-se!

Agora, se a mim esse Amor não voltar
Para um outrem se declarar
Tão já?
Beberei por um dia inteiro e outro
Encontrarei nos copos uma resposta que conforte
Sob efeito das doses da amnésia

Enganarei a mim mesmo, feito poeta carente

Se esse Amor não retornar
Há de ficar guardado, ainda assim!
Em silêncio
Dentro
E sempre
Cuidadosamente arquivado
Na parte mais romântica e parisiense de meu coração
E as dúvidas ecoarão no infinito

Quem é que a porta fecha aos mais belos e nobres sentimentos?
Permita-se
Permita-me
Permita-nos

Cabe a ti, amor partido, decidires pela insanidade
Somente a ti, não nego!
A minha já se declarou, outra vez!
Quer voltar insanamente aos seus braços e peito

Dá as costas a esse outro alguém, se é que existe
E volta!
A quem te ama de verdade
A quem teu coração de fato merece
Pois cá estou
Perdido entre goles e bocas, e becos
Que não me trazem nada, a não ser mais saudades de ti

Para que rima?
Se essa poesia não tem pretensão nenhuma de ser obra de arte
Mas sim um suspiro de saudade de um coração que ainda bate por ti

Te amo
Haveria desfecho melhor?

ERA UMA VEZ A HISTÓRIA DO LEITOR

Senta que lá vem história!

Está a fim de criar alguma história hoje?

Que tal escrever alguma poesia, conto, verso ou crônica?

Deixe sua brisa fluir e liberte sua criatividade...

Escreva o que vier à cabeça, de forma despretensiosa e sem autocobrança. Sem medo de ser feliz.

Era uma vez...

Se achar que ficou bacana e que poderia fazer parte das páginas do BRISA FILOSÓFICA, Volume II, convido você a acessar a homepage oficial deste livro:

www.brisafilosofica.com.br

Clique no link "Espaço do Leitor" e, em seguida, no ícone "História de leitor para Brisa Filosófica, Volume II".

Vamos avaliar e escolher três envios de nossos leitores para publicarmos no próximo livro.

Desde já agradeço pela participação!

Que tal quebrar a rotina?

Proponho uma brisa, um relax, mente aberta e um filme. Divirta-se!

Brisa e Sétima Arte

Parada estratégica para um filme musical

Sugestão para o momento:

- O Poderoso Chefão
- O Poderoso Chefão, Parte II
- O Poderoso Chefão, Parte III
- Donnie Darko
- Beleza Americana
- O Pagamento Final
- O Advogado do Diabo
- Nascido para Matar
- As Duas Faces de um Crime
- Berlim Callin
- 99 Francos
- Cheech & Chong
- Coffee and Cigarettes

Gostou?

Por que não deixa sua indicação de filme no www.brisafilosofica.com.br?

Insta & Show de Talentos

Travessuras, caras, bocas, caretas e molecagens

#BRISAshowdetalentos

Caro leitor, desejo conhecer um pouco mais de você. Ver suas aventuras, suas brisas, suas alegrias e risadas.

Vou lançar-lhe um desafio. Uma missão. Claro que você faz se quiser. Se estiver a fim. Senão pule esta página e vá curtir seu momento.

Convido a fazer um vídeo de até 10 segundos, sozinho ou acompanhado. Publique em seu próprio Instagram e não deixe de marcar o endereço @brisafilosofica com a hashtag #BRISAshowdetalentos.

Vale qualquer coisa, qualquer piada, qualquer conto, qualquer poesia recitada, qualquer brincadeira, qualquer risada (gargalhadas mesmo), qualquer cover de música, qualquer dublagem, qualquer declaração, qualquer imitação, seja de um bicho, de um artista famoso, de uma celebridade, de um político etc.

Não importa sua idade, sua posição profissional, sua formação escolar, sua crença religiosa. Pode até parecer um desafio infantil para aqueles aficcionados pelo Instagram, mas é muito mais do que isso. É a chance de despertar sua criança interior, exibir seu talento ou zuar mesmo!

Faça seu vídeo e poste.

Sem preconceitos, sem hiprocrisia, sem apologias, sem desrespeito!

O bacana vai ser você ter seus segundos de curtição no Instagram oficial do livro. Topa o desafio?

Filosofando...

Para fazer jus ao nome deste livro, não posso deixar de sugerir uma brisa literalmente filosófica. Vamos temperar o livro com uma pitada de intelectualidade.

Assim que você estiver high, estado alpha, que tal estudar um pouquinho?

Não! Não estou brincando rsrs é sério...

Para a brisa desta vez, te convido a acessar algum site de pesquisa, como o Google, e procurar algum assunto culto relacionado à arte, filosofia, pintura, música, algum escritor importante, algum artista intelectual, algum país interessante, alguma região pitoresca. Que tal ler alguma poesia? Ou a história de algum grande filófoso? Que tal aprender sobre vinhos? Culinária?

Eu adoro aprender. E sempre!

Sou um apaixonado por cultura, costumes regionais, línguas estrangeiras, músicas, gastronomia típica de diversas regiões.

Sugiro, portanto, uma brisa filosófica.

Pesquise algum assunto de seu interesse. Leia, aprenda, navegue, estude, enriqueça seus conhecimentos.

Inteligência é fascinante!

Durante a fase de elaboração deste livro, li novamente (e já tantas!) o livro *O Pequeno Príncipe*. Sempre tão gostoso, cheio de expressões tão verdadeiras, insights tão provocativos e leve em sua concepção.

Dessa obra literária e de seu autor extraordinário, eu retirei alguns trechos e frases marcantes e tão oportunos a esta fase do livro.

Leia com o coração. Reflita na profundidade filosófica que emana de cada trecho e frase que extraí.

Que livro espetacular! Seja para crianças, jovens, adultos, idosos, crianças-idosas, jovens-crianças, crianças-jovens, idosos-crianças...

" — Se já construístes castelos de areia no ar, não te envergonhes deles, constroe agora os alicerces."

" — Foi o tempo que perdeste com tua rosa que fez tua rosa tão importante.

[...]

— Os homens esqueceram essa verdade, disse a raposa. Mas tu não a deves esquecer. Tu te tornas eternamente responsável por aquilo que cativas. Tu és responsável pela tua rosa...".

— Só conheço uma liberdade, e essa é a liberdade do pensamento".

"— Sim — respondi-lhe —, quer seja a casa, as estrelas ou o deserto, o que os torna belos é o invisível."

"— E quando te houveres consolado (a gente sempre se consola), tu te sentirás contente por me teres conhecido. Tu serás sempre meu amigo. Terás vontade de rir comigo. E abrirás às vezes a janela à toa, por gosto... E teus amigos ficarão espantados de ouvir-te rir olhando o céu. Tu explicarás então: 'Sim, as estrelas, elas sempre me fazem rir!'E eles te julgarão maluco. Será uma peça que te prego...".

"— Os seres humanos não podem dar o melhor de si, como seu amor e sua força criativa, se não estiverem livres".

Trechos do livro *O Pequeno Príncipe* e frases soltas do autor Antoine de Saint-Exupéry.

Eu Também Recomendo o Livro BRISA FILOSÓFICA

Com o advento irreversível da internet, temos um mundo às nossas mãos. Não vi, em minha geração, nenhuma outra descoberta tecnológica que se comparasse à internet.

É verdade inequívoca dizer que a internet e as redes sociais já fazem parte da vida das pessoas, independentemente da idade, classe social, conhecimento ou cultura, escolaridade, vocação profissional, credo, posição política ou valores de vida.

O BRISA FILOSÓFICA procurou provocar a interação da leitura com as redes sociais, fazendo uso de brilhantes plataformas interativas como o Instagram, o Facebook e as páginas web.

Procuramos incentivar o gosto pela leitura e interesse pelo conteúdo poético e cultural, associando o livro de forma descontraída aos meios sociais tão presentes na vida das pessoas.

Não haverá forma fidedigna de perceber a avaliação positiva dos leitores senão pela adesão e publicações nas redes sociais.

Se você gostou do BRISA FILOSÓFICA e quiser contribuir com a nossa divulgação, de forma absolutamente livre e espontânea, poste fotos com esta página em sua rede social, recomendando o livro para seus amigos.

Essa forma de divulgação é a mais honesta que posso querer para o livro e para os leitores.

Ao postar, não deixe de marcar @brisafilosofica #eurecomendoBRISAFILOSOFICA

PALAVRAS FINAIS

Chegamos ao fim do livro BRISA FILOSÓFICA. Espero que você tenha gostado.

Vem aí o segundo volume, com surpresas e novidades.

Continuarei escrevendo com alma e amor, sob efeito poético da brisa...

Muito obrigado pelo tempo, pela atenção e carinho.

Viva a vida!

Viva a liberdade!

Viva o BRISA FILOSÓFICA!